文春文庫

願かけ

新・酔いどれ小籐次（二）

佐伯泰英

文藝春秋

目次

「新・酔いどれ小籐次」おもな登場人物

赤目小籐次《あかめことうじ》　元豊後森藩江戸下屋敷の厩番。主君・久留島通嘉が城中で大名四家に嘲笑されたことを知り、藩を辞して四藩の大名行列を襲い、御鑓先を奪い取る（御鑓拝借事件）。この事件を機に、〝酔いどれ小籐次〟として江戸中の人気者となる。来島水軍流の達人にして、無類の酒好き。

赤目駿太郎　小籐次を襲った刺客・須藤平八郎の息子。須藤を斃した小籐次が養父となる。愛犬はクロスケ。

北村りょう　小籐次と相思相愛の歌人。旗本水野監物家の奥女中を辞し、芽柳《めやなぎ》派を主宰する。須崎村の望外川荘で奉公人のあいと暮らす。

勝五郎　新兵衛長屋に暮らす、小籐次の隣人。読売屋の下請け版木職人。

新兵衛　久慈屋の家作である新兵衛長屋の差配だったが、呆けが進んでいる。

お麻　新兵衛の娘。父に代わって長屋の差配を勤める。夫の桂三郎は錺《かざり》職人。

お夕　お麻、桂三郎夫婦の一人娘。駿太郎とは姉弟のように育つ。

久慈屋昌右衛門　芝口橋北詰めに店を構える紙問屋の主。小籐次の強力な庇護者。

観右衛門　久慈屋の大番頭。

おやえ　久慈屋の一人娘。番頭だった浩介を婿にする。

秀次　南町奉行所の岡っ引き。難波橋の親分。小籐次の協力を得て事件を解決する。

空蔵《そらぞう》　読売屋の番頭。通称「ほら蔵」。

うづ　弟の角吉とともに、深川蛤町河岸で野菜を舟で商う。小籐次の得意先で曲物《わげもの》師の万作の倅、太郎吉と所帯を持った。

美造《よしぞう》　竹藪蕎麦の亭主。小籐次の得意先。

久留島通嘉《くるしまみちひろ》　豊後森藩八代目藩主。

高堂伍平　豊後森藩江戸下屋敷用人。小籐次の元上司。

青山忠裕《ただやす》　丹波篠山藩主、譜代大名で老中。様々な事件を通じて、小籐次と協力関係にある。

おしん　青山忠裕配下の密偵。中田新八とともに小籐次と協力し合う。

願かけ

新・酔いどれ小籐次㈡

この作品は文春文庫のために書き下ろされたものです。

第一章　空蔵の怯え

一

須崎村では望外川荘《ぼうがいせんそう》の梅擬《うめもどき》の実が赤く熟れて目にも鮮やかだった。

季節は秋だというのに不順な天候が続いていた。暑さがぶり返すかと思うと冬のような寒い朝に戻った。

紀伊領内では干害などが原因で一揆が起こり、大坂近郊では綿の自由売買を求めて千七か村が訴えを起こす動きを見せ、不穏な空気がじわじわと広がった。そんな近畿や上方の緊張が江戸にも伝わってきた。

赤目《あかめ》小籐次《ことうじ》はふだんどおりの暮らしを続けていた。

芝口新町の新兵衛長屋に住み、研ぎ仕事に精を出していた。そして、時折須崎村の望外川荘のおりょうのもとへと駿太郎《しゅんたろう》とともに足を運び、いささか奇妙な「夫婦」暮らしを続けていた。

　そんな時節、だれにも察しのつかないことが起こった。

　芝口橋北詰めの角地に大きな店構えをもつ紙問屋の一角に研ぎ場を設けて、小籐次がせっせと研ぎを頼まれた包丁などの手入れをしていると、その前に一人が腰を下ろして小籐次の仕事ぶりを見ることもなく手を合わせ、ぶつぶつと口の中で念仏のようなものを唱えて立ち去っていった。

　小籐次が初めてそのようなことに気付いた相手は老婆であった。芝界隈《かいわい》に住む老婆とは思えない、見知らぬ顔だった。

（この夏、暑かったからな、秋になって疲れが出おったか）

　夏の疲れから正気を一時失った老婆であろうと、小籐次は考えた。だが、その夕暮れ前、小籐次がそろそろ店仕舞いをと考えていると、足早に通りかかった職人風の男が道具箱を小籐次の前に下ろした。

（ははあ、忙しくて自分で研ぎが出来ぬか）

　小籐次が考えていると、ぽんぽんと柏手を打って一礼し、道具箱を肩に担いでさっさと橋を渡っていった。

久慈屋《くじや》の大番頭の観右衛門《かんえもん》が帳場格子の中から呆れ顔でその光景を見ていた。

また手代の国三《くにぞう》も久慈屋の船着場から上がってきて職人の行いに接していた。

「赤目様、なんですね。知り合いですか」

「国三さんや、まるで知らぬ顔じゃな」

そんな会話を聞いていた小僧の小助が、

「あれ、酔いどれ様は知らなかったんですか。この数日前から、赤目小籐次様を見物にくる人がけっこういますよ。遠く離れた場所から頭を下げて手を合わせていく人を見かけます」

と言い出した。

小助は一年半前に久慈屋へ奉公に出たばかり、この界隈の佐久間小路鍛冶町《かじちょう》の裏長屋の、壁塗り職人の次男坊だった。

「赤目様、心当たりがございますか」

観右衛門が帳場格子を出て、小籐次のもとへと歩み寄り尋ねた。

「それがし、手を合わせられるような所業を為した覚えはないがな」

首を捻る小籐次に、

「異人さんが江戸近くまで大きな船で姿を見せるご時世です。なにが起こっても不思議ではございませんが、酔いどれ大明神、あるいは小籐次大権現に見立てて のことですかね」

「なに、それがしを大明神やら大権現に見立てて、手を合わせて行かれるといわれるか」

「お稲荷さんか大明神とでも考えぬと説明がつきませぬ」

「まさか、かようにむさい爺の研ぎ屋をお稲荷様や大明神と間違うご仁もあるまいがな」

「いえ、赤目小籐次様の盛名は今や江戸じゅうに知れておりますからな。生き神様に見立てられても訝《いぶか》しくはございませんぞ」

「冗談は止して下され。なんとのう気色が悪い」

小籐次は早々に店仕舞いを始めた。

それを国三が手伝い、洗い桶の汚れた水を河岸道の柳の根元に撒きに行った。

そして、洗い桶を御堀の水で洗い、しばし芝口橋を見上げた。その後、小籐次と観右衛門が話す店前に戻ってくると、

「赤目様、大番頭さん、ただ今も橋の上から確かに赤目様に向って手を合わせて行かれる方を、二人ほど見かけました」

と報告した。

「暑さ、寒さが繰り返す天候にいささか頭がおかしくなったかね」

と話し合うところに、読売屋の番頭で自ら読み物の筆をとって、面白おかしく書き立てる才の持ち主、ほら蔵こと空蔵《そらぞう》が、ふらりと姿を見せた。

「空蔵さん、そなたも赤目様にお参りに来たんじゃございますまいな」

と観右衛門が質《ただ》した。

「なんですね、酔いどれ様にお参りってのは」

小籐次が、いきなり悪い人物に話を振ったな、といささか危惧している前で、観右衛門が最前からの奇妙な現象を話した。

「なに、小籐次様に手を合わせていく人がいるってかえ。まあな、酔いどれ小籐次は忠義心にも篤く人情も心得ている。一方でご当人はお見かけどおりのちんちくりんに、蝦蟇《がま》の顔をひらったくしたようなご面相だ。それが江戸でも評判の美形の歌人が連れ合いときた。それもよ、須崎村の別邸に囲っているてんだから、わっしら、銭なし才なし、女にももてねえ連中からするとよ、拝みたくもなるやな」

「いい加減なことを喋りちらすでない。ともあれ、蝦蟇の顔をひらったくしたようなご面相を拝んでどうなるというものでもあるまい」

「ないな」

とほら蔵が小籐次の顔を改めて見て、

「ないない」

とさらに念を押した。

「しかしだ、この話が膨らむようだと、うちもここいらで一発読売の刷り増しができるのじゃがな」

こんどはほら蔵が話を商売に結び付け、欲気を見せた。

「さような展開があるわけもない。涼しい風が吹くようになれば収まるに決まっておる」

「そうかね、酔いどれネタは意外と話が大きくなるからな。まあ、赤目様よ、久慈屋の大番頭さんよ、この話、他所《よそ》の読売屋なんぞに漏らしちゃいけないよ」

と釘を刺した。

「直ぐに人のことを商いに結びつけようとしおって、空蔵さんや、そなたのよくない癖だぞ」

「これがわっしの仕事にございますよ。それにさ、新兵衛長屋の勝五郎さんがさ、この前から仕事はないかないかと店にやってくるんですよ。隣人の生計《たつき》を助けるのですぞ、大した功徳ではございませんか」

空蔵が小籐次の弱みを突き、お店《たな》や長屋に戻る人々で込み合う夕暮れの尾張町の方へと溶け込むように姿を消した。

小籐次は一つ溜息を吐くと、中途だった後片付けを済ませた。

「どうです、赤目様。験《げん》直しを兼ねて久しぶりに奥で一献《いっこん》、大旦那と酒を酌み交わすというのは」

「大番頭さん、酒より湯屋に駆け込みたい心境にござる。ただ今急げば仕舞い湯に間に合う」

「明日もこちらで酔いどれ小籐次大明神の幟《のぼり》を立てられますな」

「大番頭さん、言うてくれるな」

「ともかく研ぎ道具はうちで預かっておきます」

観右衛門の言葉が終わらないうちに、国三が小籐次に会釈して店の奥へと道具を運び込んだ。

「大番頭さん、明日もよろしく願います」

「明日は朝から、足袋《たび》問屋京屋さんの研ぎが待ってますでな」

観右衛門が小籐次の仕事の手配までした。小籐次は別れの言葉を述べて船着場に下りた。そこに小舟が舫《もや》ってあった。

久慈屋の荷船を杭に舫っていた荷運び頭の喜多造が、声をかけてきた。

「ご苦労にございましたな」

「なにやら一日が終わった気がせぬ」

「どうなされました」

「うむ」

喜多造に返事をした小籐次は、迷った末に最前からの出来事を話した。

「やっぱりね。そうか、あれは赤目様を拝んでいたのか」

「頭もなんぞ見たか」

「それがさ、この船着場にいると新橋の東側を往来する人が見えますがね、この前から橋の上に立ち止まって手を合わせたり、柏手打ったりしていく人を見かけるようになったのでございますよ。この界隈に稲荷社の一つもございませんや。どうしたものか、橋の由来になんぞ関わりがあるかと考えたりしていたんですがね」

喜多造はようやく合点がいったという顔を見せた。

新橋とは芝口橋のことで、芝口一丁目と金六町の間に架かる橋の旧名であった。

慶長九年（一六〇四）に架けられた折は新橋の名であった。だが、宝永七年（一七一〇）、新井白石の建議により朝鮮通信使の入府に際して国威を示すために京橋側に芝口御門が設けられた折に、橋名を芝口橋と改めたのだ。ところが、芝口御門は不運なことに享保九年（一七二四）の火災により焼失し、再建されなかった。そのために橋名だけが残った。

喜多造は、橋にからんでなんぞ手を合わせる曰《いわ》くがあるのかと考えていたそうだ。

「あれは、赤目小籐次様を伏し拝んでいたのでございますね」

「それがしを伏し拝むなど全く曰くがないではないか」

「わっしにそう注文付けられてもね。でもさ、酔いどれ小籐次様の名は江戸では、もはや知れ渡ってますからね、酒封じの神様かなんかに奉られたんじゃございませんか」

「酒好きのそれがしが酒封じになるか」

「なりませんかね」

喜多造も確信があっての言葉ではなかったらしく、直ぐに引っ込めた。

「おお、それがし、仕舞い湯に行くのであった。急がねば、頭、また明日な」

小舟に飛び乗った小籐次は、舫い綱を解くと堀の緩やかな流れに乗せた。

芝口橋から久慈屋の家作のある芝口新町の堀留は、指呼《しこ》の間《かん》だ。入堀に小舟を入れて、舫い綱を杭に結んでいると犬の鳴き声がした。

「そうか、クロスケがうちに来ておるのであったな」

と名を呼ぶと、すっかり新兵衛長屋に慣れた様子のクロスケが小籐次を迎えに来てくれた。

「駿太郎はどうしておるな」

新兵衛長屋の敷地に飛び上がると、長屋から勝五郎が姿を見せて、

「駿ちゃんは桂三郎さんと湯屋に行っているぜ。おれは酔いどれ様の帰りを待っていたんだよ。急がなきゃあ、湯を落とされるぜ」

「帰りになってあれこれとあったでな」

小籐次は長屋から手拭いと着替えを持ってくると、どぶ板に寝そべるクロスケに、

「そなたも湯屋に行くか」

と誘ってみた。すると言葉が分ったかどうか、クロスケが尻尾を振り、勝五郎

といっしょに湯屋へと急いだ。

「そなたは湯屋の戸口で待っておれよ」

クロスケに言い残すと二人は暖簾《のれん》を潜った。

「もう男湯のお客さんは桂三郎さんと駿太郎さんだけよ」

加賀湯の女主に急かされて、二人は脱衣場で一日着ていた衣服を脱ぎ捨てた。

かかり湯で汗を流し、柘榴口《ざくろぐち》を潜ると湯船から真っ赤な顔をした駿太郎が、

「父上、遅いですよ」

と文句を言った。

「あれこれあってな」

「おれにもあれこれあったと最前いったが、ほら蔵に知らせるようなあれこれか」

　勝五郎が仕舞い湯に浸かりながら、小籐次に質した。

「もはや空蔵も承知のことだ」

「なんだ。ということは読売のネタにならないってことだな。それとも他に仕事を回したのか」

「そうではない」

小籐次は駿太郎に代わり、湯船に入り、

「桂三郎さんや、駿太郎の面倒を見てもらってすまぬことであった」

とまず桂三郎に礼を述べた。

「いえ、なんのことがありましょう。駿太郎さんはもはやなんの手も掛かりませぬ。赤目様が久慈屋で仕事をしているのは分ってましたから、まずは舅《しゅうと》を湯屋に連れてきて、湯上がりの舅を女たちに預け、こんどは自分の湯ってわけです」

どことなく一日が終わった感じの顔の桂三郎が応じた。

新兵衛長屋とあるように、久慈屋の家作四軒を差配するのが新兵衛であった。だが、数年前より新兵衛の呆けが進行して娘のお麻が差配を交代し、居職の錺職《かざり》人の桂三郎がお麻を手伝って長屋の管理をしていた。

桂三郎は新兵衛を湯屋に連れてきて面倒を看《み》、そのあと、女たちに託して駿太郎を連れて湯屋へふたたび来たようだ。

「酔いどれ様よ、最前のあれこれってなんだよ」

「勝五郎さんや、湯くらい静かに使わせてくれぬか。その代わり帰りに魚田《ぎょでん》に寄って酒を馳走するでな」

「しめた」

「そなたを馳走するのではないぞ。新兵衛どのの面倒から駿太郎までと迷惑をかけた桂三郎さんが今宵の主客だ」

「屋台店に主客もなにもあるかえ。ついででもいい、一杯馳走《ごち》になれるならばよ」

勝五郎が張り切り、湯もそこそこに、

「いつまで湯に浸かっているんだよ、酔いどれ様。江戸っ子は熱湯《あつゆ》、熱燗、早飯、早糞が真骨頂だ。湯治場じゃねえよ、だいいち湯屋だっておれたちが上がるのを待ってんだよ」

と急かせた。

「なんとも気ぜわしい湯であったな」

と着換える小籐次に駿太郎が、

「父上、一足先に長屋に戻っておりましょうか」

と尋ねた。

うむ、としばし考えた小籐次が、

「おりょう様には内緒にせよ。ならば連れていこう」

「えっ、母上に内緒にすれば、湯屋の帰りに屋台店に立ち寄ることができるのですか」

と こちらもしばし迷った末に、

「男同士の約束です」

と屋台店への同行の誘惑に負けた。

秋風が吹く築地川の屋台店の魚田には、運がよいことに未だ客がいなかった。

「おや、新兵衛長屋のご一行様のご入来かえ。おお、犬までいっしょか」

魚田の主の留三郎が迎えた。

「われらには熱燗をくれぬか。駿太郎には、そなた自慢の江戸の内海で獲れた魚を味噌漬けにした魚田を食わせてくれぬか。駿太郎、クロスケには骨を残してな、与えよ」

と小籐次が注文して、まずは湯上がりの一杯を賞味した。

「うめえ、よくぞ男に生まれけりだ」

勝五郎が嘆声を上げ、

「で、最前の一件、どうなったえ」

と小籐次に話を向けた。

「なんだ、未だ覚えておったか。なんともしようもない話だぞ」

酒の合間に本日気付いた話を告げた。

「なんだって、赤目小籐次の旦那を拝むだって、賽銭《さいせん》は上げないのか」

「賽銭はなしじゃ」

「ふーむ。祭神が酔いどれ小籐次とすると、なんのご利益があるのだ」

「久慈屋の喜多造さんは酒封じではないかというたがね」

「酔いどれ様が酒封じじゃと、そりゃ、話が逆さまだぜ。それはねえ、いやさ、この話、ほら蔵が食いつかなかったように先細りで終わるな」

勝五郎のご託宣があった。

駿太郎は初めて食する魚田を、

「よいか、母上には内緒じゃぞ」

と言いながら、美味しそうにクロスケと分け合って食していた。

「勝五郎さん、この話、このままには終わりませんよ」

と同じ居職でも錺職人の桂三郎は、なんにしても慎重居士《こじ》だ。ために最近では桂三郎名指しの錺ものの注文がある。その桂三郎が言い、留三郎も、

「おれも桂三郎さんの考えに同じだ。こりゃな、なんぞ曰くがなきゃあ、ならない話だよ。赤目の旦那、覚えはないのか」

「思い当たる節などないな」

「じゃさ、おまえさんの前で伏し拝んでいった婆さんはよ、なんぞお参りするいわれを告げていかなかったのか」

「だれもなにも言わぬな。およその人が橋の上あたりで拝礼したり柏手を打ったりするが、だれもがそのまま歩き去るな」

「なんとも奇妙といえば奇妙だな」

勝五郎が宗旨替えしたか首を傾げ、

「この界隈でさ、いちばん近い稲荷社が日比谷稲荷だ。四、五丁は離れているな。ならばこの界隈にさ、芝口酔いどれ稲荷があってもいい話だよな。おれが明日にも木端《こっぱ》くずで鳥居を造ってよ、赤く塗るからよ、賽銭の三分を分けてくれないか」

「勝五郎さんや、なんでも銭金でかたをつけようというのはよくないぞ。話がどう転ぶか知れぬが、それがしには関わりのないことだ」

「大きく広がるとうちの稼ぎになるんだがな」

勝五郎がぼそっと呟いた。

二

翌朝、赤目小籐次は小舟に乗って、駿太郎やお夕やクロスケに見送られて新兵衛長屋を出た。子どもたちの傍らには新兵衛がにこにこと笑いながら立っていた。腰がだらしなく落ちた感じがなければ、ただふつうの年寄りだった。

「新兵衛さん、勝手に出歩いてはならぬぞ。お夕ちゃんの眼の届くところで過ごしなされ」

小籐次の言葉に新兵衛はなにも答えず、その代わりクロスケが小籐次のいうことが分ったという体《てい》でわんわんと吠えた。

「クロスケ、頼んだぞ」

小籐次は棹を使い、堀留から築地川につながる御堀へと出ていき、ゆったりとした流れに向い左折した。

今日も青空が広がり、白い雲が数片浮かんでいた。御堀端の柳も移ろう秋の気配に合わせて色づいている。気候はようやく落ち着いたか。

小籐次の行く手に芝口橋が見えた。

すでに久慈屋では朝の清掃を終え、人影がないところを見ると、ちょうど朝餉《あさげ》の刻限であろう。昨日、湯屋の帰りに男たち四人で魚田を食し、酒を飲み、話が弾んだせいもあってうどんを注文し、夕餉代わりにした。

ためにお麻の家に仕度してあった夕餉の膳が残り、小籐次と駿太郎はその夕餉の料理を、

「朝餉に食す」

と頂戴してきた。

鰯《いわし》の焼き物と茄子《なす》の味噌汁にご飯の夕餉を朝に食した小籐次が、芝口橋を見上げた。すると数人の男女が小籐次に向って合掌したり柏手を打ったりしながら、口の中で何事かぶつぶつと唱えている。

小籐次になんの利益《りやく》があるのか知らぬが、かの者たちは神仏を入り混ぜての祈りか、願い事をしているらしい。

「なに、今日もそれがしをからかいにきおったか」

と呟いた小籐次は、

「橋上の衆、赤目小籐次にはなんのご利益もないぞ。馬鹿げた真似はよしにしてくれぬか」

と呼びかけてみた。だが、だれもがなにも答えずそれぞれ橋の左右に分かれて散っていった。

まあ、害がないといえばない。しばらく神仏になったつもりで我慢するしかないか、と小籐次は小舟を久慈屋の船着場に着けて杭に舫い綱を打った。

「よいこらしょ」

と掛け声をかけて小舟から船着場に上がった。

河岸道に上がると、久慈屋の店の一角にはすでに研ぎ場が設《しつら》えてあり、洗い桶の水も新しいものになっていた。手代の国三の仕事だろう。

小籐次は久慈屋の角に立ち、両手を広げて大きな欠伸《あくび》を一つした。大屋根の上に鴉《からす》が留まり、かあかあと小籐次に向って鳴いた。

久慈屋の店のあるのは金六町だ。

徳川の祖家康入府以来の土地で、その当時は京橋入川筋と呼ばれ、この界隈の開拓者の芝田金六の名をとって金六町と呼ばれるようになった。

だが、明暦《めいれき》の大火のあと、この界隈が火除地《ひよけち》になったこともあり、築地に移され、享保六年（一七二一）に八丁堀にさらに移動させられたが、二年後に元地と芝口へと分けて戻され落ち着いた。

ただ、今では東海道に通じる大通りを挟んで東西に分かれて金六町が存在した。

むろん久慈屋は、東側の金六町にあった。

この界隈には茶道具を扱う店や、簞笥《たんす》長持屋の井上茂兵衛や足袋問屋の京屋喜平、建具屋の伊勢屋があった。

大欠伸の小籐次の視線の先で、女衆《おんなし》が手を合わせて何事か呟いていた。

「女衆、わしはただの酔いどれ爺じゃぞ。なんの役にも立たんがのう」

と話しかけると、そそくさと逃げるように出雲町の通りへと立ち去っていった。

「なんやら落ち着かぬな」

とぼやきながら、今朝の手順を考えた。

いちばんは京屋喜平方の研ぎだ。

小籐次は久慈屋の敷居をまたぐ前に京屋に向った。するとすでに京屋では、職人衆が仕事を始めた気配が奥から伝わってきた。

京屋は歌舞伎役者を始め、大家《たいけ》の主、さらには大身旗本や大名家重臣などを得意先に持ち、代々足型を揃えて足袋を造ってきた。

「おはようござる、番頭どの」

と京屋に声をかけると番頭の菊蔵が、

「おや、朝の間から赤目大明神のご入来にございますか。有難い瑞兆にございますな、なんまいだなんまいだ」

と手を合わせた。

「止めてくれぬか。なにやら落ち着かぬでな」

「神仏になった気持ちは落ち着きませぬか」

「落ち着くわけもなかろう。さようなことをなさると、それがし、久慈屋に引き返すぞ」

「それは困ります、赤目様」

と慌てた菊蔵が奥へ消えた。

職人衆は店の奥で作業を為していた。直ちに研ぎを為す要のある道具を古い帆布に包んだ菊蔵が姿を見せ、

「いいですか、これがすべてではございませんよ。親方が近頃、赤目様の研いだ道具でないと布地の切れが悪いというて、弟子にも研がせませんでな、いくらでも研ぎ仕事はございます」

と渡した。そして、

「それにしても、このお顔にどんなご利益があるのだか」

と漏らし、

「それはこちらが聞きたい話にござる」

「芝居小屋の楽屋辺りから、赤目小籐次様の名を繰り返し唱えると願いが叶うとか、あるいは勝負事や吉原に行く前の客が赤目様の名を唱えると、賭場では大儲け、吉原では花魁《おいらん》衆に大もてするなんて風聞が世間に立ったのが始まりだそうですよ」

「そのようなことがあろうはずはない、番頭さん」

「なにも私が言い出したことではございません、巷《ちまた》の噂です」

と菊蔵が抗弁し、

「大迷惑にござる」

と言い残した小籐次が久慈屋に戻ると、すでに店は始まっていた。

帳場格子にこそ大番頭の姿はなかったが、跡継ぎの浩介《こうすけ》を筆頭に奉公人が揃って仕事を始めていた。

「おはようござる」

と声をかけた小籐次は研ぎ場の前を見て、口をあんぐりと開けた。

小籐次の破れ笠が裏返しになって銭が十数枚入っていた。

「なんじゃ、これは」

「お賽銭ですよ、赤目様」

手代の国三が笑みを堪《こら》えた顔で言った。

「お、お賽銭じゃと、本気か国三さん」

「本気もなにも、研ぎ場の前で拝まれた老若男女が一文二文と銭を笠に投げ込んでいかれます。うちの大番頭さんに報告しましたが、うちが稲荷社になったようで、喜んでよいのかどうか分らぬと首を捻っておいでです」

どうやら大番頭の観右衛門は奥へと相談に行っている様子だった。小籐次を見詰める浩介に、小籐次は尋ねた。

「若旦那、どう思われる」

「赤目様がお分りにならないものを、私が分るわけもございません」

「お隣りの菊蔵さんは芝居小屋の楽屋辺りから始まった話というておったがな」

「おや、そのような話がございますので」

「わしの名を唱えると勝負ごとに勝ちを得て、吉原では花魁衆にもてるのじゃそうな」

小籐次が答えたとき、奥から観右衛門が戻ってきた。

「おはようございます」

「おはようござる。この一件、どうしたものか。今日じゅう続くと久慈屋の商いにも差し障りが出よう。今日は賽銭まで上がっておるのだ、なんぞ考えねばなるまいな」

「賽銭の話、聞きましたよ、驚きましたな。御鑓《おやり》拝借一首《ひとくび》千両の赤目小籐次様は、とうとう生き神様になられましたか」

「止めてくれぬか、大番頭さん。ともかく今日一日様子を見よう。それから始末は考える」

と答えた小籐次は、腰から愛刀次直《つぐなお》を抜くと用心のために研ぎ場の左手において、京屋から預かってきた刃物を包んでいた古布を開き、それを次直にかけて隠した。

道具を研ぐ手順に従って傍らに並べ、中砥の面を水で濡らした。

さて、仕事始め、と思うたとき、小籐次の前に人影が立ち、黙ってしゃがむと小籐次に手を合わせた。若い女子《おなご》だ。

「これこれ、それがしはただの研ぎ屋だ。稲荷社なれば南に三、四丁も行けば日比谷稲荷があるでな、願い事があるならばそちらになされよ」

と話しかけたが、娘は用意していた一朱を破れ笠に入れると黙って立ち去った。

「お待ちなされ」

賽銭にしては大きな額だ。小籐次が慌てて引き止めようとしたが、娘は人ごみに紛れて消えた。

箒《ほうき》を手にした小僧の小助が破れ笠を覗き込み、

「わあっ、一朱のお賽銭だ。赤目様、もう研ぎ仕事なんてしなくていいよ。ただ黙ってここに座っていればお金が入ってくるよ！」

と叫んだ。

「これ、小僧さん」

大番頭の観右衛門が小助の口を封じ、

「お賽銭に一朱ですか。こりゃ、ただ事ではございませんな」

と帳場格子に立ち上がって、破れ笠の中の一朱を確かめるように覗き込んだ。

「大番頭さん、こうなればもはやどう抗《あらご》うても仕方あるまい。この騒ぎが鎮まるのを待つしかありますまい」

「鎮まりますかね」

「さあてな、ともかくそれがしは研ぎ仕事に専念致す」

と宣告した小籐次は、京屋喜平方の刃物の研ぎを始めた。

研ぎに没入すればもはや辺りの動きは目に留まらない。それでも小籐次の前に立ったりしゃがんだりする人影は認めていた。だが、それはもはや個々の人間ではなく通りを往来する人の動きにしか過ぎなかった。

二刻ほど京屋の道具に熱中したせいで、朝の間に預かった道具はすべて研ぎ終えていた。

ふうっ

と息を吐いた小籐次の目の前の破れ笠に、なんと小さな銭とその中に何枚か混じった一朱の山が出来ていた。

「こ、これは」

「赤目様、いよいよ赤目小籐次大明神か、酔いどれ稲荷に宗旨替えだね」

久慈屋の店の端から声がした。

難波《なにわ》橋の秀次親分が上がり框《がまち》に座って、帳場格子の観右衛門と話していた気配がした。親分の傍らには茶碗が出ているところを見ると、だいぶ前から居る様子だった。

「念仏も聞こえておったぞ」

「神様も仏様もいっしょくただね。いやさ、赤目小籐次様は神仏を超えたお方かね」

「親分は他人事《ひとごと》と思うて呑気なことをいうておられる。なんとかしてくれぬか」

「赤目様の研ぎ仕事を拝んで見物料を置いていく善男善女を、どう取り締まれと言いなさるね」

　難波橋の親分も手の打ちようがないと言った。

「一体全体いつまでこのようなことが続くのだ」

「さあて、明日にもパタリと止むかもしれぬし、はたまた三年四年と続くかもしれぬ。となると、若旦那、大番頭さん、やっぱり社《やしろ》がいりますぜ」

　秀次親分が浩介と観右衛門に言った。

「どうなされますな、赤目様」

「困る、いや、お困りはこちらじゃな」

　と小籐次はしばし思案した。

「まずこの賽銭の始末じゃが、親分が預かって芝神明社の神主どのに渡してくれぬか」

「えっ、このお金、赤目様に上げられたものですよ、勿体ないな」

小助が残念そうな顔をした。

「小僧さんや、それがしは神様でも仏様でもないでな、賽銭を頂戴する謂《いわ》れはない。ゆえにこの界隈の氏神様に渡すまでじゃ。秀次親分、使い立てしてすまぬが、ご足労願えぬか」

小籐次は破れ笠ごと秀次親分のところに運んでいった。

「赤目様、一回こっきりで済む話かえ。その都度、わっしが芝神明に使いに立つのはいささか面倒だがな」

「そのことを考えなんだ。まず昼からはこちらの店先をお借りするのを止めて、橋の袂《たもと》に研ぎ場を設けようと思う。明日からのことはまた考えるとしよう」

「それで済みますかねえ」

と応じた秀次が、

「すまねえ、手代さん、この賽銭を勘定してくれませんか」

と国三に願った。国三が畏《かしこ》まって小籐次の手から受け取り、

「結構重いですよ。ひょっとしたら一分を大きく越えているかもしれませんよ」

と板の間で銭は銭、一朱は一朱と分け始めた。

「さあて、親分、ここからが本式の相談じゃ」

「えっ、なんぞこの一件で思案がございますので」

「噂の出元は京屋の番頭さんに聞くと、芝居小屋の楽屋とかいう話を耳にしたというのだが、その辺りを調べてもらうわけにはいくまいか。町奉行所から十手を預かる親分の仕事ではないような気もするがな、なんでも裏があるものだ」

「えっ、この赤目大明神騒ぎになんぞ隠された話があると言われますので」

「そうとでも言わなければ親分も動き辛かろう。まず噂の因《もと》を絶たねば、いつまでもこちらは見ず知らずの人に拝まれて過ごさねばならぬ」

「よいではありませんか。研ぎ仕事しながら別に賽銭が入ってきて、敬われるなんてご仁は江戸広しといえども赤目小籐次様だけですぜ」

秀次親分がにやにや笑いながら応じた。

「それがしの頼みは聞けぬと申されるか」

「そうは言ってませんよ。だけどな、だれも傷つけられたり、物を盗まれたわけじゃない。先方がかってに赤目小籐次様を崇めて、賽銭を上げているだけの話だ。どうもいつもと勝手が違いますぜ」

「そこをなんとかしてくれぬか、と願《ねご》うとるのだ」

「大番頭さん、どうしたもので」

秀次が観右衛門に顔を向けたとき、国三の驚きの声が響いた。

「た、大変だ、賽銭に一両小判が混じっていた！」

えっ、と秀次らが国三を振り返った。

「親分、その一両が偽小判だとしたらどうするな」

「偽小判と言われますので」

難波橋の秀次が小籐次を振り見た。

「親分、贋金ではありませんよ。本物の一両ですよ」

国三が言い、頭の中で暗算をしていたが、

「一両二分三朱と銭が百二十五文ですよ」

と言った。

「魂消《たまげ》た」

「魂消ましたな、親分」

秀次と観右衛門が言い合った。

「こりゃ、やっぱり本式に社を造って研ぎ仕事から商い替えしたほうがようございますよ」

「親分、冗談は言いっこなしだ。読売なんぞが嗅ぎ付けてみよ。大騒ぎになることは必定《ひつじょう》だぞ」

「赤目様、もう一度聞きますが、この賽銭、芝神明に届けていいのでございますね」

「それがしが汗を掻いた金子《きんす》ではない。ゆえにそれがしの金子ではない」

「金に変わりはないんだがね」

「親分、十手持ちにはいささか不穏当なお言葉じゃな」

「まあ、ご当人がそう言われるのだ、致し方ない。大番頭さん、賽銭は届けますから、金額を記した書付をわっしに下さいな。あちらからも受取証文をもらってきますからね」

　秀次が言ったとき、小助が、

「おや、また新たな賽銭が落ちておるぞ」

　と叫んだ。

「小助、落ちておるのではありません。その銭もこちらに持ってきなされ」

と大番頭が小僧に命じ、最前の額に十一文が足された。

「やはり噂の出所を調べたほうがいいかね」

秀次が少しばかり真剣な口調で言い出した。

「だから、頼んでおる」

「分りましたよ。芝神明に行った足で、芝居小屋なんぞを聞き込みに回ってみますよ」

秀次が請け合い、小籐次も少しだけ安心した。

三

久慈屋で昼餉を食べた小籐次は、研ぎ場を店の一角から河岸道の柳の木の下に変えた。芝口橋の欄干からそう遠くはないが、橋を往来する人からは死角になり、久慈屋の店先より見えないはずだった。その上、小籐次は堀の流れを見下ろす恰好で、当然人の往来からは背中しかみえなかった。

小籐次は場所替えを手伝ってくれた国三に、

「まずはこれで大丈夫であろう」

と話しかけたが、手代は、

「さて、どうでしょう。酔いどれ小籐次様を目当てにわざわざ芝口橋までやってくる信心深い人が、この程度のことで諦めて帰るとも思えません」

と笑った。

「国三さんや、そう喜んでばかりいてよいのか」

「なんぞ差しさわりがございますか」

「それがしではのうて、久慈屋が信心の相手かもしれぬではないか」

小籐次の反問に国三が破顔した。その笑いはそんなはずは絶対ないと言っていた。

「いや、これで安心して研ぎ仕事ができる」

小籐次は新しい研ぎ場に移り、破れ笠が賽銭箱代わりにならぬように大きな頭にかぶった。

秋の陽射しはそれなりに強かったが、風に靡《なび》く柳の葉が陽射しを和らげてくれた。そして、この葉隠れに差し込む光が新しく替えた洗い桶の水をきらきらと煌《きら》めかせた。

(さあてもうひと仕事)

と気分を入れ替えて研ぎ仕事を始めた。

最初は久慈屋の紙裁ち包丁で大物の道具だ。

小籐次が持ついちばん大きな砥石にたっぷりと水をくれ、刃の一方に古布を巻きつけて、ゆったりと砥石面を前後に動かして研ぎ始めた。

どれほど時が過ぎたか。

ぽちゃん

と水音がして洗い桶に銭が投げ込まれた。

(な、なんと)

と思ったが知らぬふりをして研ぎ仕事に没頭しようとした。だが、研ぎに熱中しようという小籐次の思惑を阻んで、橋の上から洗い桶に銭が次々に投げ込まれ、そのたびに柏手を打つ音がした。

橋を往来する人すべてが小籐次を拝んでいく感じがしたが、小籐次はそ知らぬふりをして研ぎ仕事を続けた。

なんとも落ち着かない仕事だった。だが、研ぎに没頭するのが小籐次を信心しようとする人々を拒んでくれるのではないかと願い、ひたすら研ぎに没入するふりを続けた。中には芝口橋の北と南をお百度石に見立てて往来し、小籐次のいる北詰めに来るたびに拝んでいく女子もいた。

「こりゃ、段々と騒ぎが大きくなるな」

小籐次が洗い桶の水に大包丁をつけて砥石の粉を洗いながそうとすると、その手に銭があたり、桶の底にそれなりの賽銭が投げ込まれているのが分った。

「どうにもこうにもならぬ」

小籐次が呟くと国三の声が背中でした。

「赤目様、やっぱり場所を変えてもいっしょでしたね。つまり神様は久慈屋ではなくて赤目小籐次様で決まりですよ」

「ふうっ」

と息を吐いた小籐次が国三を振り返ると、小籐次の座した背後の地面に榊《さかき》やら供物が捧げられていた。

「お米、梨、お菓子、いちばん多いのはお酒です」

「なにっ」

地面を見ると、国三が指さす柳の根元に貧乏徳利がずらりと並んでいた。中には角樽《つのだる》も見えた。

「酔いどれ様、当分お酒には困りませんね」

「難波橋の親分、芝神明社に届けてくれぬかな」

「親分はご免蒙《こうむ》ると言っていましたよ。赤目様に捧げられたお神酒《みき》をよそに回す手伝いをしたんじゃ、わっしに祟《たた》りが降りかかると言ってね」

「祟りなどあるわけもない」

と応じる小籐次の耳に、ぽちゃんと新たに賽銭が投げ込まれる音が響いた。

「親分はかような根も葉もない噂の出所を突き止めたのであろうか」

「一度店に来られましたが、店仕舞い時分に同心の近藤精兵衛《せいべえ》様といっしょに戻ってくるといって、どこかへ出かけられました」

「なんとものう」

もう一度大きな息を吐いた小籐次は、

「それがしは研ぎ仕事に戻る」

と国三に宣言して強引にも研ぎに戻った。

だが、洗い桶に投げ込まれる賽銭は途絶えることなく、小籐次が店仕舞いする七つ半過ぎまで続いた。

供物は国三らの手で、久慈屋の土間に敷かれた蓆《むしろ》に並べられていた。

小籐次はそそくさと仕事仕舞いをして、国三に手伝ってもらい、二人して洗い桶を船着場まで運び、賽銭を掴みだして喜多造が用意していた小桶に移した。

「昼前よりも賽銭の額は多いな。赤目小籐次大明神大繁盛ですね」

「国三さんや」

と力なく小籐次が言いかけ、口を噤《つぐ》んだ。

「神様になった気分はどうですか」

「どうもこうもあるものか。気色が悪いわ」

「さすがの御鑓拝借、小金井橋十三人斬りの勇者赤目小籐次様も打つ手はなしですか。ならば神様になって研ぎ仕事を止めるんですね。その方が断然儲かるし、楽ですよ。おりょう様のところから通いで芝口橋まで神様が出張ってこられるのです。月に七日も来られれば望外川荘の暮らしは十分に成り立ちましょう」

「手代さん、断わる」

小籐次が断言したところに、南町奉行所定廻《じょうまわ》り同心近藤精兵衛を案内して難波橋の秀次親分が姿を見せた。

二人は、久慈屋の店先の供物を見て、

「ほうほう、噂に違《たが》わずなかなかの繁盛ぶりにござるな」

と小籐次の顔を見た。その顔にも笑みがあった。

「近藤どの、他人の苦衷《くちゅう》がさように面白うござるか」

「いやいや、さようなことを考えてはおりませんぞ」

笑った近藤が小籐次の反応に慌てた。

「じゃが、笑っておられる」

溜息を吐いた近藤が、

「赤目どの、考えてもみられよ。だれが傷つけられたわけでもなし、赤目小籐次どの盛名に肖《あやか》りたいと自ら賽銭を投げ入れ、供物を捧げた。これすべて信心の為すところでござろう、善意にござろう。そなたは黙って人々の気持ちを鷹揚に受け取られれば、それですむ話ではござらぬか。お参りの人も満足し、赤目どのの懐も潤い、世間も笑顔になる話、大岡越前様のお裁きではないが、三方一両損ならぬ、三方円満にことが済む話でござる」

「お断わりしよう。それがし、物心ついて以来、体を動かして金子を得、暮らしを立ててきました。かような気持ちの悪い話で大金など儲けとうござらぬ」

困ったな、と近藤が漏らした。顔から一応笑みが消えていた。

「近藤様、親分さん、店座敷にお上がりになりませぬか。この話、赤目様がこのような考えではなんぞ知恵を絞らねば収まりがつきますまい」

大番頭の観右衛門の言葉に近藤、親分、小籐次が店の板の間から店座敷に向おうとした。すると国三が、

「小判一枚を筆頭に一分金、一朱、銭、なんだか知らないが油紙に包まれた湯島

天神の富籤《とみくじ》まで二両と二朱、百二文でございました」

と報告し、

「昼前と合わせると、三両……」

「手代さん、もうよい」

と小籐次は国三の話を途中で制して、店座敷に通った。

「常になく赤目小籐次様のご機嫌麗しくありませんな」

と言いながら、奥から大旦那の昌右衛門《まさえもん》も姿を見せた。

「これは昌右衛門様、そなた様が出てこられるような話ではございませんぞ」

小籐次が素気なく言い切った。

「ふんふん、これはなかなかご機嫌ななめだ」

昌右衛門が座し、最後に大番頭が姿を見せて五人の男が向い合った。

「一日に四両近くのお賽銭となると、日比谷稲荷どころではございませんな。さすがに赤目小籐次様の武名甚大にございます」

観右衛門が言うと昌右衛門が、

「大番頭さん、それを言われると赤目様の機嫌がひどくなりますよ」

と注意した。そして、

「なんぞ知恵はございませぬか、近藤様」

と南町同心に話を振った。

「久慈屋の大旦那、それがし、代々町廻りの家系じゃが、かような話は聞いたこともござらぬ。一見どこにも罪のない話にござるが、ご当人がこう憤慨なされていては、なんとかせねばなるまいて」

近藤も昌右衛門まで出てきた手前、笑みを引っ込めた。

「親分、噂の出所は摑めたか」

「それがさ、赤目様、二丁町《にちょうまち》に中村座、市村座と訪ね、そのことを聞いたのでございますが、どちらの楽屋も木挽町《こびきちょう》の森田座から伝わった話じゃないかという言葉でございましてね、木挽町に回ると森田座の座頭《ざがしら》が、『うちは芝口橋の久慈屋さんに近いし、赤目小籐次様とも知らない仲ではございません。さような間柄で不確かな話をまき散らすはずもございません』ときっぱりした返事でございました。わっしも知恵を絞ってあちらこちらに探りを入れている最中でしてね、未だこれといった手がかりは」

「ないか」

と小籐次ががっくりと肩を落とした。それを見た四人が笑いかけ、小籐次が顔

を上げたので慌てて笑みを引っ込めた。そこへ、

「ご苦労にございます」

おやえと女衆が茶を運んできたので、なんとか座が鎮まった。

「赤目様にはこちらがよろしかろうとお持ちしました」

小籐次には茶碗酒が供された。

「おやえさんや、困ったぞ」

「まあ、そう申されず一杯お飲みくださいまし。さすれば気分も変わります」

「酒か」

「そういえば供物に酒がございましたな」

と思わず秀次親分が漏らし、小籐次に睨《にら》まれた。

「ふっふっふふ」

とおやえが笑い、

「これほど赤目様がお困りの様子はございませんね、お父つぁん」

「それなりの深いお付き合いですが、思い当たりませぬな」

と昌右衛門が応え、

「人の噂も七十五日と申しますから、下火になるのを待つしかございますまい

な」

「昌右衛門様、それがし、あと七十余日も拝まれて過ごさねばなりませぬか」

「いえね、七十五日というのはたとえでしてね、気の早い江戸の人間のことです。次になんぞ新たな話が起これば そちらに関心が向いましょう」

ふーむ、と返事をして茶碗酒に手を伸ばした小籐次が、

「親分、昼前のお賽銭、芝神明に持っていってくれましたか」

と尋ねた。

「それですがね、未だわっしの手元にございますので」

「聞き込みが忙しかったか」

「いえね、近藤の旦那に申し上げたところ、赤目様が受け取れぬというのなら、しばらくどちらかで預かりおくというのはどうだ、と申されまして、こうして近藤様のお出ましを願ったところでございますよ」

「おや、近藤様、赤目様へのお賽銭、厄介が生じますかね」

と観右衛門が聞いた。

「いや、それはあるまいと思う。だが、ただ今始まったばかりの騒ぎゆえ、落ち着くまで待ってお賽銭の始末は考えてもよいかなと思うたのだ。いや、赤目どの

がどうしても芝神明にと申されるならばそれはそれで仕方ないがな」

「なんぞ他に用途がござるか」

「このご時世にござる。奉行所では御救《おすくい》小屋を設けることが多うございますが、幕府もなかなか懐が寒くてな、御救小屋の費《つい》えまでまかなえぬのが実情にございますよ。神様に捧げられたものを芝神明に上げるのも一つの方策ですが、しばし様子を見てしかるべき金子に達した折、赤目小籐次どのの名で御救小屋の費えとして奉行所に寄進してくれまいかと、都合のよきことを思うたのだ。どうかな、赤目どの」

「芝神明の神様が腹を空かせておるという話は聞かぬでな。それはよい考えでござる。されどそれがしの名で寄進はどうかな、内々にしてくれませぬか」

「まあ、赤目様、その辺りは先々に決められることにして、明日から張りが出てきませぬか」

「昌右衛門様、明日から当分、こちらには参りませぬ。川向うや駒形堂界隈で出稼ぎをします。この騒ぎが下火になったころ、こちらに戻ってこようと思います」

「それは寂しい」

と観右衛門が言い、

「御本尊がいないでは賽銭も供物も上がりませせぬな」

とちょっぴりがっかりした。

「大番頭どの、拝まれて賽銭を投げられる身になってもごらんなされ。さような呑気安楽な言葉は吐けませせぬぞ」

と小籐次は釘を刺した。

「とすると本日のお賽銭はどうしますので」

秀次親分が案じた。

「それがしは知らぬぞ」

と小籐次が答え、

「大番頭さん、うちでしばらくお賽銭を預かっておくのですな」

と昌右衛門が応じて、小籐次はようやく安心して茶碗酒に口を付けた。

「皆さんも、お酒いかがですか」

とおやえが立ち上がりかけ、

「赤目様はお腹立ちかもしれませんが、この騒ぎ、赤目様がうちの前におられようとおられまいと、しばらくは続くような気がします」

「なんじゃと、おやえさん」

「だって、日比谷稲荷だって芝神明だって、神様のお姿は私どもの目には見えないのですよ。赤目様が芝口橋際におられようとおられまいと、赤目小籐次様のお力に縋《すが》ろうとする人々には、変わりはないのではないでしょうか」

「おやえ、すると賽銭も供物も今日のように集まるというのか」

と昌右衛門が質し、

「そうね、だから、うちでもその心積りをしていたほうがいいと思うわ」

「おやえ様、賽銭箱を設けろといわれますか」

「大番頭さん、賽銭箱は大げさよ。朝の間のように破れ笠を出しておけばそれでよいのではございませんか」

「おやえどの、それでは賽銭を強要しておるようではないか」

「あら、お賽銭って強いられて上げるものですか。自分の気持ちをなにがしかのお金に託して賽銭箱に入れるものでしょ。そのほうが信心するほうもやった気になるの。決して強いているわけではございませんよ、赤目様」

と説明したおやえが台所にいったん下がった。

「うーむ、それがしが河岸を変えても騒ぎは続くか」

「私はおやえ様のお考えが当たっているような気がします。となれば赤目様、御神体代わりに破れ笠を残していって下さいまし」

と観右衛門が言い、

「なんといっても御用のお役に立つお賽銭です。深川の蛤町《はまぐりちょう》河岸と駒形堂の出《で》開帳《がいちょう》もしっかりとお稼ぎ下され」

と付け足した。

「な、なんと一難去ってまた一難出来《しゅったい》か」

小籐次が困り果てる顔を見て、その場の一同が堪えていた笑いを一気に爆発させた。

小舟に研ぎ道具と供物の米、酒などを積んだ小籐次が堀留に戻ると、クロスケが、わんわんと吠えて小籐次の帰りを長屋じゅうに知らせた。

勝五郎を先頭に長屋じゅうが姿を見せた。

「おい、赤目様、えらい出世をしたってな、酔いどれだか、赤目小籐次だか大明神だってな、賽銭も供物もなかなか集まったというじゃないか。もはや研ぎ仕事なんてケチくさいことはせんでよいな」

「よう承知じゃな」

「ほら蔵が来てよ、あとでまた姿を見せるそうだ。その話具合でおれは徹夜だな」

と版木職人が応えるのに、

「勝五郎どの、考え違いいたすでないぞ」

小舟の中から久慈屋の大旦那、大番頭、南町定廻り同心近藤精兵衛、秀次親分、おやえらの知恵を借りた話を掻い摘んで話した。

「なに、おめえさんの稼ぎを奉行所が掠《かす》めていくのか、勿体ないぜ」

「稼ぎではない、心得違いの賽銭じゃ」

「賽銭だろうとなんだろうと金に変わりはないがな」

「その代わり、本日頂戴したこの供物の酒やら米で我慢なされ」

「えっ、もう夕飯食っちまったぜ」

「明日に回せばよい」

勝五郎に供物を渡した小籐次は、

「駿太郎、クロスケ、当分芝とはお別れして、深川辺りで研ぎ仕事をしながら騒ぎが下火になるのを待つぞ。その心積りでいよ」

と命じた。

「母上のところにしばらく居るのですね」

「そういうことだ」

駿太郎の顔が宵闇の中で微笑んだ。

四

その夜、途中になっていた京屋喜平方の研ぎ残しの道具の研ぎを済ませたのは、四つ過ぎのことだ。もはや駿太郎もクロスケもそれぞれの寝床で眠りに就いていた。

気候がまた変わったか、風が荒《すさ》ぶ音が聞こえた。冬の訪れを告げる木枯らしのような風音だった。

最前まで薄い壁の向うで勝五郎が小籐次の様子を窺いつつ、空蔵が来るのを待っていた。だが、刻限が深まるにつれて、もはや版木の注文はないと考えたのだろう、

「あーあー」

とわざと小籐次に聞かせる嫌味な声を漏らし、

「寝よう寝よう。隣りの迷惑も考えず仕事している人間もいらあ。薄情な世の中だぜ。それにしてもほら蔵め、期待だけもたせやがって」

と呟くと寝に就いた様子があった。

小籐次はどてらを着込み、洗い桶を抱えて井戸端で研ぎ水を流した。桶は汲み置きの水でざっと洗い、井戸端において厠《かわや》に行き、小便をした。

相変わらず乾いた風が吹いていた。

（なんとか神様稼業が収まってくれないものか）

と考えながら雪隠《せっちん》を出ると、風の中から小籐次の名を呼ぶ声がしたように思えた。立ち止まったがだれもいる様子はない。

（空耳か）

「年をとるとこれだ。小便の出は悪い、耳は遠くなる」

と呟く小籐次の耳に、

「酔いどれの旦那よ」

風音の間からはっきりとした低声《こごえ》が聞こえた。

「だれじゃ、どこにおる」

小籐次は素手であることを確かめ、万が一の場合、どてらを脱いで防戦しよう
と腹を固めて辺りを見回した。
「おれだよ、空蔵だ。旦那の小舟の中だよ」
「なに、それがしの小舟じゃと」
小籐次は、堀留の暗い水面を見下ろす新兵衛長屋の敷地の端に立った。
「なぜさような場所におるのだ、空蔵さん」
「声を低めねえか。おれの努力を無駄にするのか」
と空蔵が言い、ともかく小舟に下りよと命じた。
暗がりを透かすと、読売屋の番頭が小舟の中で寒さに縮こまっていた。小籐次
は石垣に手をかけて、
ひょい
と下りた。
小舟はひと揺れもせず、空蔵に対面するように腰を下ろした。
「さすがに剣術の達人だな。いや、猫が先祖か」
「そうではない。それがし、親父から来島《くるしま》水軍流という流儀を教え込まれた。舟
の諸々を叱られながら叩き込まれたのだ。剣術の達人でも猫の末裔でもないわ。

それにしてもなぜ長屋を訪ねてこぬ。勝五郎どのに頼みたくない彫り仕事があるのか」

「勝五郎さんだろうがだれだろうが知られたくないからよ。こうしておまえさんが厠に出てくるのを密かに待っていたんだよ」

「なぜだ」

空蔵は綿を入れた長布を首に巻きつけていたが、その中に首を埋めるようにして小籐次に顔を寄せた。

「こんどの一件だ」

「こんどの一件じゃと」

「しっかりしねえか。赤目小籐次が生き神様に仕立てられた経緯《いきさつ》だよ」

「ほう、調べがついたか」

「いや、まだだ。だがな、こんな感じに襲われるのは、長年読売屋の番頭をやりながら、あれこれと話をでっち上げてきた百戦錬磨のほら蔵にも初めてだ」

「話が分らぬな。たしか芝居小屋から始まったという噂だったな、それが違ったか」

「そうだよな、そういうことだったな」

といったん言葉を切った空蔵が一気に喋った。

「酔いどれ様よ、おれには物事を調べる手順も手蔓もあれば、人脈もあらあ。こんどの一件をよ、湯屋だ、床屋だ、盛り場だという素人でも思い付くあたりから調べ始めたが、どこにも赤目小籐次を無言で拝めば、ご利益があるなんて話は出てこねえ。それればかりか他人から聞いたというものばかりだ。赤目小籐次をなぜ崇め奉らねばならないか、必ずや謂れがある。そう思わないか、酔いどれの旦那」

「そなたに言われなくとも考えはつくな」

「今日の夕暮れ前のことだ。もはや人はいねえと思ったがよ、一日何千両も稼ぐ魚河岸ならば、そんな酔狂を考え付く旦那衆がいるんじゃねえかと、客のいねえ店仕舞いした魚屋の留守番の若い衆なんぞに当たり始めた」

「ほうほう、どうしたな」

いつしか小籐次は、いつになく声音に険しさが漂う空蔵の話に耳を傾けていた。

「だが、魚河岸でもこれといった当たりはない。その内さ、背中がぞくぞくするような悪寒に見舞われたんだ」

「季節の変わり目じゃぞ、冷たい風も吹き始めた。風邪を引いたのではないか」

「そんな話と違《ちげ》えわ」

「では、なんだ」

「だれかがこの空蔵の動きを監視しているんだよ。おれのあとをつけ回している者がいるんだよ。それもよ、なんというか、どこからともなく刃《やいば》が伸びてきて斬り殺されるように殺気が漂ってくるんだよ」

「それはいかぬな」

「だろう。おれも昨日今日の読売屋じゃない。それなりに場数も踏んだ空蔵様だ。そのおれが怯えるような殺気なんだよ。いいか、酔いどれ様、おれが臆病だからなんていうなよな」

小籐次は空蔵の真剣な口調に頷いた。こんどの一件は、だれかが思い付いた単純な話ではないと空蔵は言っているのだ。

小籐次はしばし沈思した。

「そなた、この一件の調べをどことどこで聞き回ったな」

「芝界隈から日本橋の向う方、神田川の南側の勘所はおよそ押さえたつもりだ」

さすがに老練な読売屋だ。江戸の主だったところは抑えていた。

「魚河岸でそなたは尾行する者に気付いたというたな」

「そこだ。あとで考え直してみたら、柳橋の船宿の聞き込みをしている辺りから奇妙な感じがしていたかもしれないんだ。だが、姿は見えない、まだ光のある中にそこだけ闇が在るようでさ、そこからおれの動きを見てんだよ」

「空蔵さん、相手は一人かそれとも複数の者か」

「分らない。町人か侍かも分らない。ともかく姿かたちなんぞはちらりとも見かけられない。だが、間違いなくおれに関心を持つ奴がいるんだ」

「空蔵さん、そなたの調べに関心を持つ人間が、この赤目小籐次につながってくるのか」

「しっかりしねえな。今日のおれはそのことしか聞き回ってないんだぜ」

「そうであったな」

二人は風の吹く小舟の中で顔を見合わせた。

わずかな月明かりで、小籐次には空蔵の恐怖に理解がついた。空蔵の震えは寒さだけではなく、恐怖も加わってのことかと小籐次は思い至った。

「この話、おめえさんに伝えたいと思った。だが、勝五郎さんが壁の向うで聞耳を立てていよう。そうなれば勝五郎さんばかりか長屋も面倒に巻き込むと思ったのだ。おめえさんが起きて仕事をしているのは分っていた。だから、こうして厠に出てくるのをじいっと待っていたんだよ」

「気遣い有難い。いかにもそなたの言うとおりだ」

「じゃあ、おれの言うことを信じるのだな」

「むろんのことだ」

と言い切った小籐次はさらに沈思した。

「く、くそっ、寒いし怖いぜ」

「どうするな、この一件から手を引くか」

「もう遅いよ。おれが手を引いたところで、そやつはおれがだれか承知の助だ。いつなんどきだって刃を向けてこよう。いや、もはやこの近くにいるかもしれないんだ」

最前から小籐次はそのことを考えていた。だが、その気配はないと思った。

「魚河岸で気付いたそなたはどう動いて、この新兵衛長屋に辿り着いたな」

「おれは、人影もすくない魚河岸から地引河岸に出て荒布橋《あらめばし》から照降町《てりふりちょう》を抜け、親仁橋を渡り、小網町に出た。すると仕舞いの渡し船が出ようとしていたんで、船に飛び乗った。おれが乗った途端に船頭が船を流れに押し出したから、そいつがおれといっしょに鎧《よろい》ノ渡しに乗ったはずもない。といって小舟が渡し船を追ってくる気配もない。南茅場町に上がると顔見知りの大番屋に飛び込んで、知り合いの番太相手に四方山《よもやま》話をして時を過ごし、大番屋の裏口から八丁堀を抜けてよ、新兵衛長屋に辿り着いたんだ。魚河岸からそのあと尾行されていないはずだ、そいつは自信がある」

「分った。そなたが、命を張ったことは恩に着る。それにしてもかようなことをしてなんの得がだれにある」

「おれもこの小舟の中で何度も考えた。赤目小籐次を生き神様に奉ってだれがいったい得するね。賽銭はいくら集まったな」

空蔵が話題を不意に変えた。

「本日一日で四両ほどになったそうな」

「四両だって、魂消たな。こりゃ、酔狂ではない。だれかがなにかの企てがあって、かようなことを仕掛けているんだよ」

空蔵の言葉に小籐次は大きく頷いた。

「賽銭の他になにかおめえさんに上げられなかったか」

「酒だ、米だと供物が上がった。ああ、そうじゃ、油紙に包まれた湯島天神の富札が一枚は入っていたな、賽銭の中にな」

「ほう、湯島天神の富籤が油紙に包まれてね、またご丁寧な賽銭だな」

と空蔵が呟き、

「その金子は久慈屋が預かっておる」

南町奉行所の近藤同心らと相談し合ったことを空蔵に告げ、小籐次は思案し始めた。

「空蔵どの、この一件から手を引いて当分店におられることだ。今晩はうちの長屋で過ごされよ」

いや、と小籐次の言葉に無意識に応じた空蔵が沈思し、

「酔いどれ様、この話を明日の読売に書いたとしたらどうなるな」

「相手を刺激しようというのか。それも手の一つじゃが、そなたが命を失うのが先かもしれぬ」

ぶるっ、と空蔵が体を震わした。

「じゃあ、じいっとしてろと言いなさるか」

「いや、そういうたところでそれがしの話を聞くそなたではあるまい。読売に書くのは、もそっと事態がはっきりしてからがよいと思わぬか」

小籐次の提案を考えていた空蔵がこくりと頷いた。

「それがしも手立てを考える。それがしと空蔵どのだけがこの話を知る者だ」

「味方だな」

「ああ。今晩はわが長屋に泊まっていかれよ」

「いや、この小舟を貸してくんな。明日の朝までには必ずここに戻させるからよ」

と空蔵が言い切った。読売屋魂に火が付いた感じだった。

「致し方ない」

小籐次は小舟から石垣をよじ登った。

空蔵は意外と巧みな棹使いで小舟を御堀へと向けた。

小籐次はその姿を見送り、長屋に戻った。すると、勝五郎が、

「えらく長い厠だったな」

と壁の向うから質した。

「腹がしぶってな、厠に長居した」

と答えた小籐次は、駿太郎が寝る傍らの布団に潜り込んだ。

翌朝、小籐次は駿太郎、クロスケを乗せた小舟を芝口新町から須崎村の望外川

荘に向けて出立させた。

だれが返したか、空蔵は小舟を朝までに返させていた。ということは空蔵が無事ということだ。

小籐次はそのことで、夜明け前に小舟で出かけることを決めたのだ。まだ薄暗い内で勝五郎一人だけが見送った。

「今日にも空蔵が仕事を持ち込んでくるぜ。そのとき、おまえさんは留守かよ」

「空蔵どのが仕事の注文に来たなれば素直に受ければよかろう」

「なんだか冷たいな。酔いどれ様よ、なんぞ隠してないかえ」

「なにも隠してなどおらぬ。ああ、久慈屋の前で拝まれてはあの界隈の商いに差し支える。場所を変えて、研ぎ仕事を静かにしたいだけだ。みなに挨拶もせずにいくが、そういうてくれ」

と言い残した小籐次は、棹を巧みに使って朝靄《あさもや》の立つ堀留から御堀へと小舟を進めた。

その間、駿太郎はだまって小舟の舳先《へさき》近くに綿入れに包《くる》まって座っていた。舳先にはクロスケが丸まって眼を閉じていた。

小籐次は、辺りの気配に気を配りながら棹を差していく。

　空蔵が怯えるほど感じた目に見えない監視者の「影」は、いないように思えた。

だが、空蔵がありもしない「恐怖」に怯えているとは考えなかった。空蔵とて、読売に長年携わってきた兵《つわもの》だ。空蔵が感じたのならば、それは真《まこと》と思えた。

「父上、昨日は母上のもとへ戻ると申されませんでしたか」

　駿太郎が質した。勝五郎と同じようになにかを考えてのことのようだった。小籐次が頷き、言った。

「駿太郎、これから話すこと、そなたの胸に仕舞っておけるか」

「母上にも内緒ですか」

「おりょう様をあまり怖がらせたくないでな。そなたとクロスケを須崎村に届けたら、それがしは仕事に出る。となると、望外川荘を守るのはそなた一人が頼りじゃぞ」

「父上、案じる要はございません」

　十歳の駿太郎が言い切った。

　小籐次は、昨夜遅く読売屋の空蔵が姿を見せて話していったことを告げた。

「父上に手を合わされた方々になにか企みがあるのですか」

「合掌したり、賽銭を下さったりなされた方々に罪はなかろうと思う。だが、その背後に嗾《そそのか》した者がいるようだと、空蔵どのはいわれるのだ」

小籐次の言葉に駿太郎は沈思した。駿太郎はただの十歳の子どもではない。思慮分別を持った十歳だった。

その駿太郎は実父がどのような人物かまったく知らなかった。物心つく以前に亡くなっていたからだ。だが、その父を斃《たお》した相手が赤目小籐次と知ったとき、「父上」は「敵」と変わることも考えられた。それも近い将来だろう。

「父上、本日は母上の集いがある日にございます」

「おお、そうか、忘れておった。今日は七の日か」

北村おりょうが主宰する和歌の集い、芽柳《めやなぎ》派は七の日に須崎村の望外川荘に集った。だが、小籐次はこの日は必ず避けて、新兵衛長屋にいるか、蛤町河岸などで時を過ごし、その集いの面々と顔を合わせることはなかった。

芽柳派は年々集う人が増え、ただ今では六十余人ほどが平均して集まるという。派に属している門弟は百数十人を優に数えるとおりょうから聞いたのは、一年も前のことだ。

「ならば駿太郎、なにがあってもいかぬ。しっかりと父に代わって気を配ってくれぬか」

ってていった。

「畏まりました」

小さ刀を差した駿太郎が小籐次の頼みを受けた。

小籐次の漕ぐ小舟は隅田川から須崎村へと接近し、水が湧く池へと堀を伝い入っていった。

クロスケが舳先から水辺に向って吠えた。

おりょうの姿を目に留めたからだ。おりょうは、あいを相手に望外川荘の敷地で野花や色付いた紅葉の枝などを切っていた。本日の集いに座敷のあちこちに飾る花や枝であろう。

「おや、クロスケが主様と駿太郎を連れて戻ってきましたよ」

おりょうが嬉しそうに小舟に向って呼びかけてきた。するとクロスケも嬉しそうに、おりょうの言葉に大声で吠えて呼応した。

クロスケはこの界隈で捨てられた仔犬だった。兄弟は飢え死にしたが、一匹だけが生き残っていたのを駿太郎が見付け、おりょうと小籐次に願って望外川荘の一員になったのだ。拾われたのが三河蔦屋《つたや》の十二代目の染左衛門の弔いの日ゆえ、クロスケは二歳を過ぎた成犬に育っていた。

「どうなされました」

岸から二間ほど沖に杭を立て、そこへ橋板を敷いただけの船着場に、朝早く小舟を着けた小籐次におりょうが問うた。

「本日は芽柳派の集いじゃそうな。すぐにこの足で仕事に出るで迷惑はかけぬ」

「うちの旦那様にお会いしたいという方々が大勢おられますよ」

「いかぬいかぬ。それがしには勤めがあるでな」

駿太郎とクロスケが小舟から橋板に飛び乗った。

「旦那様、奇妙な噂が江戸から伝わってきました」

須崎村とて江戸の内だが、この界隈の人々は御城がある川向うを「江戸」と区別して呼んだ。

「なんじゃな」

「そなた様が生き神様におなりになったとか」

「そのことか」

小籐次はおりょうに掻い摘んで身辺に起こった出来事を話したが、空蔵が持ち込んできた恐れは告げなかった。

「真でしたか。うちの旦那様が酔いどれ大明神になられましたか」

「奇妙な話であろうが」

「いえいえ、うちの旦那様は生き神様になったとて、なんの不思議はございませぬ」

「それがしが困る。勝手気ままに屁もひれんわ」

と呟いた小籐次が小舟を出し、おりょうが、

「ほっほっほほ」

と笑い、駿太郎が、

「父上、夕餉までにはお戻りください」

と声をかけた。

小籐次は頷くと舳先を巡らした。

第二章　研ぎ屋失職

一

金龍山浅草寺の御用達畳職備前屋梅五郎の店では、すでに大勢の職人衆が張りつめた緊張の中で仕事を始めていた。大勢の職人衆を無言で率いるのが、梅五郎の倅の神太郎だ。すでに備前屋は梅五郎の代から神太郎へと実権は移っていた。

だが、神太郎が、

「親父が元気でいるうちは備前屋の頭は梅五郎だ」

と親父を立てているために、梅五郎は「隠居」ではなかった。

しかしながら現実には広い板の間と土間の一角に自分の座を設けて、職人衆の仕事ぶりを眺める、隠居同然の身分を楽しんでいた。

だが、老練な職人衆からは、

「親父、おれたちの仕事が信用できないのかね。まるで目付のようにさ、おれたちの仕事を見てござるぜ」

と冗談めいた文句が出ていた。一方、倅の神太郎は、梅五郎が仕事場にいるのが、

「元気の源なんだよ。我慢しな」

と職人衆に宥《なだ》めるように言っていた。

煙管《きせる》を吹かしながらあれこれと細かく指図する梅五郎が、この夏が応えたか、元気をなくしていた。神太郎を始め職人も、

「親父、このところ、ぼうっとしてねえか。どこかに魂を置き忘れたようだぜ」

「親方よ、湯治にでも行かせたらどうだ。半月も箱根の湯か熱海の湯に浸かっているとよ、夏の疲れも吹っ飛ぶというぜ」

「一人で行けるわけもなし、たれぞ付けるとなると、うちが手薄にならあ。また、だれかがいっしょに行ったとしても親父がうん、と返事をするかねえ」

「頑固だからね。湯治なんていったら、おれを邪魔者扱いにするのかってすねるだろうな」

と職人頭の誠造が神太郎に応じていたが、

「あっ、いた！」

となにかを思い付いたように叫んだ。

「親方、一人いたぜ。うちの隠居を説得できるご仁がよ」

「酔いどれ小籐次様か、おれも考えないじゃなかった。まあ、親父を湯治に誘えるただ一人のお方だが、なんたって酔いどれ様は忙しいや。先日も深川の三河蔦屋の十二代目の三回忌の法事を取り仕切りなさったんだろ。まあ、親父がうん、と言ったところで赤目様がな」

「このところうちにも姿を見せないもんな。備前屋なんて忘れちまっているかもしれないぜ」

という問答を何度か繰り返したところに小籐次が、

「親方、職人衆、相すまぬ。長々と無沙汰をしてしもうた。もしよければ店の隅で仕事をさせてくれぬか。いや、本日は無沙汰のお詫びだ、研ぎ代はいらぬ」

小柄の体をいよいよ小さくしながら備前屋の衆に願った。

「おや、赤目様。待ってましたよ」

神太郎がにこやかに迎えてくれた。だが、この日に限って梅五郎は、

「気分がのらない」

と店には顔を出さず、その姿はなかった。

「ご隠居の姿が見えませんな、どうなされた」

「いやさ、夏の疲れかね、元気がないんだよ。おーい、親父はどんな風だ。酔いどれ様のご入来だよ」

と奥に向って神太郎が叫ぶと、よたよたとした足音がしたかと思うと、煙草盆《たばこぼん》を抱えた梅五郎が現れた。そして、板の間で立ち止まると、
じろり
と小籐次を睨んで、

「おや、見知らぬ人が店の前に立っていますよ。神太郎、だれか知り合いかえ」

と倅に尋ねた。

「親父、皮肉は言いっこなしだ。赤目小籐次様といえば江戸でいちばん忙しいお方だ。その酔いどれ小籐次様が親父の顔をわざわざ見に来なさったんだ。有難くお迎えしないか」

「わざわざだと、お迎えだと。くたばってよ、あの世に引っ越ししたかと思ったぜ」

神太郎と掛け合う梅五郎の声がだんだんと力強くなってきた。

「ご隠居、すまぬ。暇《いとま》をし過ぎた」

「なにが暇をし過ぎただ。うちのことなんぞ忘れちまってよ、川向うの若いおりょう様のところに入りびたりなんじゃねえか。ふーん、見れば元気そうではないか」

「ご隠居も壮健と見受けたが」

「なにが壮健なものか。もういつお迎えがきても不思議じゃねえよ」

「そうは見えぬがのう。顔の色つやも悪くないではないか。じゃが、加減がよくないようであれば、邪魔をしてもいかぬ。本日は無沙汰の挨拶だけで失礼いたそう。ではご免」

小籐次が両腕に抱えた道具を持ったまま、備前屋から引き返す恰好をした。

「ま、待った。ほれ、神太郎、気がきかねえ野郎どもだぜ。ほれ、酔いどれ様が挨拶だけで帰るとすねてやがるじゃないか。早く研ぎ場を設けねえか、そこの奴、酔いどれ様が来たときはどうするか、忘れやがったか、半ちく職人が」

梅五郎が大声で怒鳴った。

「ほお、久しぶりに仕事場に隠居の怒鳴り声が響いたな、だが、元気なころに比べて、声が小さいな。やっぱりご当人がいうようにお迎えが近いかな」

と誠造がわざと聞こえるように呟くと、

「誠造、だれにお迎えがくるんだ。おりゃ、おめえら、半人前の職人仕事のままにあの世に行けるか。あっちで先代になんて言い訳すればいいんだよ。ほれ、富公、赤目様の手から道具を受け取って、春吉、蓆を敷いて座布団をおくんだよ」

梅五郎が指図をして、たちまち研ぎ場が設えられた。

「これでよし」

研ぎ場の傍らにさらに自分の場を設けさせ、煙草盆を抱えた梅五郎が、

「だいたいだな、酔いどれ様がうちに顔を見せないのがいけねんだよ。神太郎と誠造なんぞは、おれを箱根と熱海の湯治に追っ払おうとしてやがる」

「くたばりそこないの親父、話を奥で聞いていたのかね」

「年寄りは遠耳というからね、親方」

と二人が小声でいうのを聞きながら小籐次が、

「ほう、箱根か熱海の湯治か。よいではないか、行ってきなされ。気分が変わってよかろう」

「気分が変わるだと。おれ一人、どうやって箱根に行くんだよ」

「日本橋から東海道を京に向って上れば、およそ二十数里で箱根に着く。まあ、道中二泊三日をみればよかろう、足が草臥《くたび》れたら駕籠《かご》か馬を雇うとよい。それでな、箱根の湯に飽きたら相模《さがみ》の海に下れば熱海の献上湯が待っておる。迷うことはなかろう」

「迷いはしねえが、独りで湯治なんて退屈するばかりだ」

梅五郎が小籐次の顔を見た。

「なんぞそれがしの顔についておるのか、ご隠居」

「ふーん、とぼけやがって。湯治なんぞ死んだっていかねえや。いいか、神太郎、誠造」

「はいはい」

と職人頭が応え、

「職人が、はいはい、なんぞと重ね言葉で返事をするんじゃねえ、はいは一つだ」

と怒鳴る梅五郎の声がいつもの大声に戻っていた。

小籐次はそれを見て、

「神太郎さんや、どのようなものでもよい。道具を貸して下され」

と願うと、

「おい、なんでもいい、どさっと道具を赤目様の周りに積み上げろ。何日も戻れないようにな、研ぎ仕事に精を出させるんだよ」

梅五郎が煙管を手に命じて急に道具が集まってきた。

小籐次はまず集まってきた道具を並べて、研ぎの順番を考えた。その間に職人見習いの昭二が洗い桶に水を注ぎ入れてくれた。砥石を傍らにおき、一つを選んだ。

そんな様子を見ながら、梅五郎が満足げに煙草を一服した。それを神太郎や職人たちが笑みの顔で眺めた。

「ふっふっふふ」

と思わず誠造が笑い声を漏らすと、梅五郎が、

「誠造、なにがおかしい。職人は黙って仕事と向き合うもんだ」

と怒鳴った。

「親方、ご隠居、ややこしいな。どっちかに決めてくれねえかね」

梅五郎の叱る言葉を外した誠造が呟くと、

「おりゃ、もう親方でも隠居でもねえ。ただの年寄りだ」

と怒鳴り返した。

「それだけの元気があれば当分弔いの仕度はしなくていいぜ、親方よ」

「のようだな」

「なにっ、てめえはおれの弔いの仕度を算段していたか」

「人間だれもが死ぬんだよ。親の弔いの仕度をするのは残されたものの勤めだ、親孝行じゃねえか」

「そういうことだ」

と言い合う神太郎と誠造を苦々しく睨んだ梅五郎が、

「倅も薄情なら弟子も人情なしだ。どう思うね、酔いどれ様よ」

「湯治と弔いならば湯治がよかろう。ゆったりと体を休めて十万億土に旅立ちなされ」

「酔いどれ様がいっしょに行ってくれるか」

「それがしな、近頃生き神様になったでな、神様が湯治に行ってよいものやらどうやら」

「聞いた、その話！」

梅五郎が叫んだ。

「赤目小籐次に手を合わせてお題目を唱えながら願かけすると、願いが叶うそうだな」

梅五郎が煙管を煙草入れに戻し、手を合わせようとした。

「止めてくれぬか。さような真似を為すなればそれがし、即刻研ぎ場を変えるぞ」

「生き神様に河岸を変えられても困るな。願いごとは内緒にしておこう。神様ならばおれの願いなぞ察してくれようからな」

と呟いて手を解いた。

「どこでそのような他愛もない噂を仕入れたな」

小籐次は念のために問い質した。

「朝風呂でよ、たれぞが話をしているのを聞いたんだ。数日前のことかねえ」

「ご隠居、正直困っておる」

小籐次はぼやくと身辺に起こった話を告げた。むろん研ぎ仕事を続けながらだ。

神太郎らも畳に向い合いながら小籐次の話を聞いていた。

「魂消たな、一日のお賽銭が四両じゃと。研ぎ仕事なんぞうっちゃっておいて神様稼業に鞍替えしな」

「ご隠居、それがしが生き神様になったら、もう備前屋には仕事に来れぬぞ。それでよいのじゃな」

「それは困った」

梅五郎が言い、神太郎が、

「わっしもその話、聞きましたよ。わっしは行きつけの龍床《たつどこ》でだがね、初めての客がふらりと入ってきてよ、親方にすまねえが髭をあたってくれねえと頼むと、赤目小籐次様の研ぎ仕事の場に行き、念仏を唱えて願かけするんだと、するとなんでも叶うとか、べらべら喋っていきやがったぜ。真だったたんだな」

と感心するように言った。

「ともかくだ。こちらにとっては迷惑至極、久慈屋の商いの邪魔をするので、かくこちらに河岸を変えたというわけだ」

「ふーん、迷惑かね、黙って拝ませてやればいいじゃないか。研ぎ仕事の片手間に大金が転がり込んでくるんだぜ」

「梅五郎さんや、かような巧い話の裏にはなんぞ企てが隠されておると思わぬか。ともかく難波橋の親分にも知り合いの読売屋にもどこから噂が始まったか、調べてもらっておるところじゃ」

「それはそうだな。職人仕事なんて地道でよ、その割に大金が稼げるわけじゃない。それが一日に四両もお賽銭が上がればさ、十日で四十両、百日で四百両、た、大変だぜ、よ、酔いどれ様」

「梅五郎さんや、さような金に手を付けてみよ。たちまちお縄になろう」

「だってよ、おまえさんに捧げたお賽銭だぜ。どう使おうといいじゃないか」

「親父、赤目様の言われるとおりだ。こりゃ、赤目様を陥れるための企てだぜ。そんな金子は身につかないよ」

「そりゃ、そうだけどよ、おれと赤目小籐次様が箱根の湯に行ってよ、女を上げてどんちゃん騒ぎする折にぱあっ、と使えばいいじゃないか」

「嗚呼《ああ》」

と職人の間から嘆きの声が上がった。

「年寄りは欲がなくなるってのは嘘だね。親方、当分、隠居は死なないぜ」

「死にそうにないな」

と神太郎が応じた。

「こりゃ、冗談なんだよ。本気にするやつがあるか。ところで酔いどれ様、お賽銭どうしたな」

梅五郎は未だそちらに拘《こだわ》った。

小籐次が賽銭の行方を告げた。

「なに、久慈屋が預かっていずれ町奉行所に寄進して御救小屋の費えにするってか。箱根で蕩尽するほうがよかねえか」

「そうはいかぬ。またこの賽銭をお上に寄進する話も内緒だ」

小籐次が釘を刺し、

「勿体ねえな。秋の湯治も悪くねえがね」

と梅五郎が無念そうに言い、

「親父、大概に諦めな。おれたちも親父に箱根行や熱海行はもう勧めねえよ」

と倅が諭した。

昼前の仕事を済ませて、昼餉を備前屋の奥で馳走になった。

あさりの剝き身と筍を炊き込んだご飯に秋鯖の焼き物だった。それになめこの味噌汁に満足した小籐次が研ぎ場に戻って、体を竦《すく》ませた。

「どうしなすった」

神太郎が小籐次の異変に気づいて聞いた。

研ぎ場の前に破れ笠が逆さまに置かれて、銭が十数枚に一朱も一枚入っていた。

それを見た神太郎が、

「話はほんとうだったんだ。おりゃ、赤目様が親父を元気づけようと、大仰な話をしてくれたんだと思ったぜ」

と破れ笠を見下ろした。そこへ梅五郎も加わり、

「えっ、うちでもお賽銭箱を用意しなきゃあならないか」

と頓狂な声を上げた。その声音には本気が混じっていた。


暮れ六つ前、駒形堂に舫った小舟に道具を積み込んで、

「かようなわけだ。久慈屋に続いて備前屋もそれがしに願かけする人が押しかけてくるようでは、いささか本業に差しさわりが出よう。明日は深川に河岸を変えて様子を見計らってまた参る」

と見送りの梅五郎に言った。

「いいじゃねえか。うちの前が赤目小籐次大明神の門前町になってもなんら差しさわりはないよ。仕事も途中で終わっているだろう」

「研ぎ残した道具は小舟に積み込んだ。今晩徹夜して仕上げ、明朝には届けるでな、案じなさるな」

「だけどよ、久慈屋で四両、うちで二分と七十一文、だいぶ差があるな。このお賽銭の差はなんなのだ」

「久慈屋とそれがしの関わりは江戸に知られておるでな、致し方なかろう」

「本日の二分なにがしかも御救小屋の費えにするのか」

「そういうことだ。元気でおられよ、梅五郎さん」

と言い残した小籐次は棹で杭をついて流れに出し、櫓《ろ》に代えて上流へと漕ぎあがっていった。

水が湧く池の船着場で、駿太郎とクロスケが小籐次の帰りを待ち受けていた。

「クロスケの散歩にしてはいささか刻限が遅いな、出迎えか」

「はい」

と応じた駿太郎の顔が曇っていた。

「なんぞあったか」

小籐次から舫い綱を受け取った駿太郎が杭に結びながら、

「母上がお困りです」

「母上を怒らせることをした覚えはないがな」

「違います。門弟衆二人が激しい口論をなさったから、母上がお困りになっておるのです」

「和歌連歌などいうものは気持ちに余裕があり学識のあるお方の遊びかと思うたが、口論を為されるか。やはり作風が違ってのことかのう」

「駿太郎には分りません。あいさんに聞いたら、二人して摑み合わんばかりの喧嘩だったようです。もはや芽柳派はめちゃくちゃです」

「それはおりょう様はお困りじゃな。で、この次もその二人は集いに来るつもりか」

「あいさんによれば、どちらも引かないようなので、次も来るというております」

「いったん門弟の契《ちぎ》りをしたものを、喧嘩口論で破門にするというわけにもいくまい。困ったことじゃな」

と答えたが、駿太郎が未だ話してないことがありそうな感じを小籐次は持った。だが、なんぞがあればおりょうが小籐次に話してくれるのではないかと思い、駿太郎には質さなかった。

二人は研ぎ道具と備前屋の預かりものの道具を分けて持ち、クロスケと望外川荘の母屋へと向った。

二

おりょうは本日の芽柳派の集いでの騒ぎに衝撃を受けたか、夕餉の折も元気がなく口数が少なかった。小籐次は、

「受難であったな。じゃが、人が集まればかような騒ぎも起こるようになる。あまり気にせず、次の機会に様子を見ることじゃな」

とおりょうを慰めた。

「まさかあのような騒ぎが和歌を愛する方々の間で起こるとは思いませんでした」

とだけおりょうは応えた。

いつもとは異なるそそくさとした夕餉が終わった。

小籐次は備前屋の残り仕事のために酒を断わっていた。ために縁側の廊下に研ぎ場を設け、行灯を近くにおいて仕事に入った。

おりょうもだれかに宛てて文を認《したた》めているらしく、駿太郎も自分の部屋に早々に引き籠った。

小籐次の残り仕事は四つの頃合いに終わった。小籐次が道具を片付け終えたとき、おりょうが、

「しばし酒《ささ》を付き合うてくだされ」

と小籐次に願った。

すでに駿太郎も眠りに就き、あいも自分の部屋に下がっていた。おりょうは文を書き終え、酒の仕度をして小籐次の仕事が済むのを待っていた。憂さ憂さした気持ちを吐き出したかったのか。

「父上に宛てて文を認めました」

「本日の騒ぎのことを舜藍《しゅんあい》様に知らされたか」

「愚痴にございます」

「近頃、集いの人数がまた増えたと聞いておる。どのような場所であっても、人が多くなれば必ず騒ぎは起こるものよ。あまり気にせぬほうがよい」

小籐次の慰めの言葉にしばし沈思するおりょうの手に盃を持たせ、酒を注いだ。そして、自らの酒杯を満たした。おりょうは何事か考えて酒には気が回らない様子だった。

小籐次は仕事を終えた印に酒を口に含んで喉に落とし、

「この時節の酒はまた格別美味いのう」

と思わず呟いた。

その言葉に反応したおりょうが、固い表情を崩すとゆっくりと酒を飲み、安堵《あんど》の顔を見せた。

「さりながらそなたにとって今宵の酒はいささか苦かろう」

「いいえ、わが亭主赤目小籐次と飲む酒はいつでも値万金のうま酒にございます」

と答え、

「諍《いさか》いを為した二人でございます。一人は一年ほど前に芽柳派に入門した六ッ本《むもと》小三郎様、雅号は草燃《そうねん》と申され、四十の頃合いのお方にございます」

「なにを職としておるのだ」

「職、ですか。うちでは身分、職業などは一切問わないことになっております。住まいは麹町《こうじまち》と聞いております。もうお一人は二月、いえ三月ほど前に弟子になられた能年《のうねん》屋与右衛門様、雅号は楼外《ろうがい》と申されて、馬飼町の公事宿《くじやど》の嫡男とか。遊び慣れた二十八、九のお方です。入門一年未満の門弟は同じ座敷で歌創りを為しますゆえ、二人はすぐに口を利く間柄になりまして、当初はお互いの歌作を褒め合ったり、批評し合ったりとそれなりに仲良くしておられました」

「その二人がまたなぜ諍いを始めたのか」

「それがよう分りません。私が気付いたときには二人して凄い形相で口も憚るような罵り合いにございまして、とうとう二人が立ち上がって互いに摑みかかろうとしたほど激しいものでした。私が止めに入ろうとすると、古手の門弟で季庵《きあん》こと塩野義佐丞《しおのぎさすけ》様と申されるお方が二人を分けられて、『楼外さん、草燃さん、二人して外で頭を冷やしてきなされ』と冷静に申されて庭に連れ出されました」

「ほう、時の氏神が現れたか」

小籐次の言葉におりょうはただ頷いた。

「で、二人は頭を冷やして歌作の場に戻ってきたか」

「能年様はそのまま家に戻られたようです。ですが、一方の六ッ本様は私どもの前に姿を見せられて、一応、詫びの言葉を口にされましたが、周りの眼差しが冷たいものですから、六ッ本様もいつしか姿が消えておりました」

「次の集いにはもはや二人とも姿を見せることはあるまい」

おりょうは、小籐次の言葉になにも応じなかった。

「まあ、おりょう様と古い門弟衆が作り上げてきた芽柳派の集いをぶち壊したのだ。もはや姿を見せぬ、皆の前に顔を見せられるものか」

「そうでしょうか」

「得てして稽古の場にはつまらぬことから諍いが起こるものでな。気にするでない」

「はい」

と答えたおりょうが手にしていた残りの盃の酒を飲み干した。

小籐次はおりょうと自分の盃を新たな酒で満たした。

「酔いどれ小籐次様にお酌をさせて飲む酒は美味しゅうございますな」

とほんのりと顔を染めたおりょうが言ったが、鬱々とした気持ちが晴れたわけではないことを二人して知っていた。

「もうこの話はようございます。わが亭主どのの一日はどうでございました」

とおりょうが話柄《わへい》を変えた。

「駒形堂の備前屋に研ぎ場を構えてな、隠居の梅五郎さんや倅の神太郎さんと四方山話をしておるとな、どうしても昨日の話になる。いや、それがしが言い出したのじゃが。すでに梅五郎さんは災難を承知しておった。なんとも難儀な世の中よ。本日はおりょう様もそれがしも受難が重なりおったな」

「亭主どののはいつもどおりの研ぎ仕事ができたのでございましょう」

「それがな」

昼餉のあと、小籐次の前に信心にくる人が現れ、研ぎ仕舞いまでに賽銭が二分ほどになったことなどを事細かに告げた。

「なんと本日も赤目小籐次大明神は大繁盛にございますか。されどりょうの難儀とは違い、亭主どのは生き神様にご出世です」

「いや、違いはせぬ。落ち着かぬこと甚《はなは》だしい、気色が悪いぞ」

小籐次の憤慨におりょうが笑った。

「おりょう様には哀しみより笑みの顔が似合う」

「酔いどれ様にも困ったお顔よりほろ酔いの上機嫌が似合います」

と二人が言い合った。

「しかし、いつまでかような馬鹿げたことが続くのであろうか。明日は深川の蛤町河岸に仕事場を変えてひっそりと過ごす」

小籐次の言葉におりょうがしばらく無言で考えていたが、

「蛤町河岸に仕事場を移しても同じことが起こりそうな気がします」

まさか、さようなことはあるまい、と小籐次はおりょうに抗弁したが自信はなかった。それでおりょうに尋ねた。

「どうしたものか」

「酔いどれ様への信心の風が収まるには何か月もかかりそうでございますな」

「えっ、さように月日が要るか。困った」

「いっそ芽柳派の主宰も研ぎ仕事も放りだして駿太郎を連れて旅に出ましょうか。半年もすれば江戸の騒ぎは収まっておりましょう」

「無断で半年も江戸を空けてみよ。それがしはまだよい。おりょう様の芽柳派の再興には何年も歳月を要することになるぞ」

「それが望みにございます。歌作などは心が通い合った仲間がせいぜい二十人、いえ、十五人ほどと心静かに歌を創り、詠み合うのが理想にございましょう。この際、大鉈《おおなた》を振るうのも一つの決心にございます」

　小籐次はおりょうの提案を考えたが、

「やはり無責任のそしりは免れまい。おりょう様はお父上に文を書かれて相談なされた。その返書を待って向後のことを考えても遅くはあるまい」

おりょうが沈黙した。そして、ようやく頷き、小籐次の手の盃を新たな酒で満たした。

「梅五郎どのもな、わが騒ぎは始まったばかり、早々鎮まるまい。ならばいっそ、研ぎに出したい包丁などを持参させて研ぎ料を頂戴し、その間に先方に勝手に拝ませておけと言われたがな、それがしが研ぎを致す間に拝み続けられてもかなわぬ。なんとかならぬものか」

「亭主どの、その考え悪くはございますまい。そなたは研ぎ仕事をしていれば夢中になられます、相手がおられようとおられまいと気にはなりますまい。包丁研ぎと拝観料で五十文なり六十文を頂戴しますと、板に書いて研ぎ場の前に立てておくのです、その看板、私が認めます。こうなると先方も信心を商いに変えたかと、お参りに来られるお方が減るのではございませぬか」

「そうかのう、梅五郎どのの考えが利くかのう。なんだか信心に付け込んで商いをしているようでこちらもな、あまり」

「気がのりませぬか」

「のらぬな」

おりょうが艶然《えんぜん》と笑い、

「おまえ様、もはやこの二つの話は止しにして床に就きませぬか」

と小籐次の手を引いて寝床に誘った。

長く激しい夜になりそうな気配だった。

小籐次は、駿太郎とクロスケに見送られて小舟を望外川荘の船着場から出した。

「駿太郎、母者を頼む。昨日の今日じゃ、なにが起こってもならぬ」

「畏まりました。これ以上、望外川荘で騒ぎは起こさせません」

駿太郎が明言した。

「では、行って参る」

小舟が隅田川の流れに出るまで、駿太郎とクロスケは見送ってくれた。

櫓をゆったりと漕ぎながら小籐次は、昨晩のおりょうの乱れぶりを思い出し、おりょうには小籐次に言えぬ隠しごとがありそうだと考えた。だが、おりょうがその気になったときに話してくれよう、そのときまで待つのがよかろうと小籐次は考えを定めた。

小舟を蛤町の裏河岸に入れたとき、角吉《かどきち》の野菜舟はもう姿を見せて、姉さんかぶりをした姉のうづが手伝っていた。堀に突き出した橋板の上に行列ができていた。

「おお、秋野菜を購《あがな》う人々がよう並んでおるわ。商い繁盛、悪いことではないな」

と小籐次が独りごとを呟いたとき、

「おっ、来た来た。酔いどれ小籐次大明神のお着きだぜ。いいかえ、おれが言ったように順番に並んでよ、手を合わせて賽銭を投げたら、おあとの人と交代してくんな。橋板が狭いんだ、急いでよ、ぶつかって堀におっこちたら、ご利益も水の泡と消えるからよ」

と竹藪蕎麦の美造《よしぞう》が叫ぶ声がした。

「親方、なんの真似じゃ！」

「おお、なんの真似だって、こうでもしなきゃあ、危なくてしようがないんだよ。角吉さんの客はこの界隈の女衆、残りの行列は酔いどれ様の信心のお方なんだよ」

「な、なんと。この界隈にも奇妙な騒ぎが伝わったか」

「昨日の朝からね、おまえさんを待つ人々が現れてよ、昨日は外れたが今日は大明神のお出ましだ。せいぜい稼ぎなせえ」

「じょ、冗談を言うでない」

「冗談なんて言っているのはとっくに過ぎたよ。もう、おまえさんの姿を拝ませないことには、収まりがつかないんだよ。ともかく研ぎ場をさ、角吉さんの野菜舟から少し離してよ、俄《にわ》か神社を設えるんだよ」

美造が指図した。

小籐次は致し方なくいつもより河岸道側に場所を移すと、美造が、

「酔いどれ大明神のお参りのお方はこちらにどうぞ」

と十数人の男女を連れてきた。

女が七割に男が三割ほどで、無言なだけにいささか不気味で奇妙な光景だった。

小籐次は覚悟を決めて、研ぎ場を用意した。すると美造が懐から古手拭いに包んだそば切り用の大包丁を出し、

「まずこいつをゆっくりと研いでな、時を稼ぐんだよ」

と差し出した。

なんだか、美造親方に指図されて動いているようで腹が立ったが、致し方ない。十数人の無言の行列ができているのだ。

小籐次は手早く研ぎ場を設けて手桶で洗い桶の水を汲み入れ、

「親方、店に戻ってきれいな水で洗い直すのじゃぞ」

と願うと研ぎ仕事を始めた。すると、頭痛持ちなのかこめかみに膏薬を貼った女が、小籐次に柏手を打って賽銭を二文ほど洗い桶に投げ入れた。

「さあ、次の人に代わってくんな。神様はよ、長く拝んだからってご利益が倍になるわけじゃないんだよ。おあとの人もつかえているんだ、拝んで賽銭を入れたら、河岸道に上がってくんな。さあさあ、次のお方」

という美造の声を聞きながら、小籐次は研ぎに集中していった。

どれほどの時が過ぎたか。竹藪蕎麦の道具を三本ほど研ぎ上げたとき、小籐次の前から行列は消えていた。

「朝の間の半刻にしては、まあまあの上がりかねえ」

美造が洗い桶を覗き込んだ。

うづも馴染みの女衆も洗い桶を覗き込んだり、小籐次の顔を見たりしていた。

「なんぞそれがしの顔が変わったか。そなたら、見慣れたもくず蟹の顔であろうが」

と小籐次が吐き捨てると、

「赤目様、そう考えて見るからかもしれないけど、酔いどれ様の顔が神々しく見えてきたわ」

と大きな腹を抱えたうづが言い、

「赤目様、安産祈願もしていいの」

と小籐次に尋ねた。

「うづさん、本気ならばやめておけ」

「どうして」

「まずそれがしを拝んでもご利益はない」

「だって鰯の頭も信心からっていうわよ」

「まあ、ご利益のあるなしは心がけ次第、信心次第というなればそれもよいが、うづさんのようにご本尊のそれがしに話しかけるようでは、どうやら酔いどれ大明神の功徳《くどく》は授からぬ」

「えっ、あの人たち、黙っているのはそのせいなの」

「ということらしい」

「気味が悪いわね」

「だいいちさ、ご当人がいうようにもくず蟹の顔が神々しく見えるって。うづさん、臨月が近づいて目が悪くなったんじゃないかえ」

常連のおかつが言い放った。

「ううーん、おかつさんに言われてみればいつもの酔いどれ様よね。ご利益があるならば、まず最初に知り合いの私たちからよね」

「うづさんよ、そういうことだ。この蛤町河岸で商いを教えたのはうづさん、そして、研ぎに出してくれたのはおれを含めたこの連中、ご利益はまずこっちからだよな」

と美造が宣《のたも》うた。

「ご一統にはっきりというておく。それがし赤目小籐次を拝んで願かけしても、なんの効き目もない。ゆえに賽銭など上げても無駄なことだ」

小籐次の言葉に知り合いの皆が大きく頷いた。

「親方、最前からいくら賽銭が集まったよ」

角吉が野菜舟を下りて小籐次の小舟に歩み寄り尋ねた。

「ひい、ふー、みー、よー……一朱が二枚、銭が二十五、六文というところかね」

「ふーん、野菜を売るより上がりがいいな。うちも野菜舟によ、平井大明神とかさ、角吉稲荷とか幟を立ててみようか、姉ちゃん」

「角吉のばか、酔いどれ小籐次様だから信心に見えるのよ。おまえがやったって、だれもこないわよ」

「そうか、おれじゃダメか」

「角吉の名じゃダメだな」

と美造も言い、

「それにしても赤目様よ、この前は新兵衛さんが神隠しに遭ったかと思ったら、こんどはおまえさんが大明神に出世かえ。一体全体どういうわけだ」

「わけなどあるものか。災難じゃ、それがしが避けようと思うても向うからやってくるのだ。どうしようもないではないか」

「だけど、賽銭が上がっていいよな」

角吉が羨ましそうな顔をした。

「角吉、賽銭はもはや行き先が決まっておるのだ。びた一文ごまかしが利かぬ」

「えっ、使い道が決まっているのか」

小籐次は然るべき時期に町奉行所に届け、御救小屋の費えにする話が内々に決まっていることを皆に説明した。

「御救小屋の費えか、つまらねえな」

と角吉が言い、

「さすがに酔いどれ様ね、考えることが違うわ」

とうづが言い、

「所詮、角吉稲荷なんて出来っこないの。赤目様とおまえでは人徳が違うのよ」

と言い足すと、美造が頓狂な声を上げた。

「うわっ！　新たな酔いどれ大明神の信徒がよ、佃煮みたいに群れになってきたぜ。こりゃ、大変だ、橋板が重みでつぶれるよ、角吉、手を貸してくんな、石段下りたところで人数を五、六人ずつにして入れるんだよ」

と叫ぶなり、角吉を連れて橋板を河岸道へと走って行った。

小籐次は瞑目して研ぎに徹することを覚悟した。

三

小籐次はこの日、赤目大明神詣でにくる信徒が途絶えた隙を狙い、角吉に手伝ってもらい、研ぎ場を片付けると尻に帆をかけて深川蛤町裏河岸から逃げ出した。

だが、すぐに須崎村の望外川荘には向わず、築地川が江戸の内海に流れ込む馴染みの場所を目指した。

芝口橋の久慈屋に立ち寄り、昨日と本日の分の賽銭を大番頭の観右衛門に預けていこうとしたのだ。その上で難波橋の秀次親分や読売屋の空蔵に会えれば、少しはこの騒ぎの状況と真相が分るのではないかと思ったからだった。

秋の陽射しが足早に西に傾いて芝界隈に宵闇が訪れようとしていた。

破れ笠を被った小籐次は、汐留橋に小舟を着けて、懐に二日分の賽銭を入れ、河岸道に上がった。すると魚田の留三郎とばったり顔を合わせた。

留三郎は、屋台の裏で火を熾《おこ》していた。

「びっくりした。酔いどれ様か」

「しいっ、だれに聞かれてもいかぬ」

留三郎の驚きの声を制した小籐次は、腰の刀を抜いて留三郎に預けた。

「おまえ様、酔いどれ大明神になったんだってな」

「それは勝手に他人様がそう思い込まれたことだ。こちらはまるで魚を盗んだ泥棒猫のように江戸じゅうを逃げ回っておる。なんとかならぬか、魚田の親方」

ふわっふわっはは、と留三郎が大笑いした。

「笑いごとではないぞ。久慈屋を訪ねてな、様子を見てくる」

「おまえさんが昨日、今日と研ぎ場を久慈屋の店に設けてないてんで、ご信心の衆が戸惑っているという話だぜ」

「相変わらず久慈屋に迷惑をかけておるか」

「昨日なんぞはえらい人数だったというがね。今日はどうだったかね」

留三郎が言い、

「刀と舟は見ているよ。だけどよ、その破れ笠に竹とんぼを刺した形《なり》はよくねえな。酔いどれ小籐次様とバレバレだよ」

「どうすればいい」

「よし、その破れ笠を脱ぎな、手拭いで頬被りをしてよ、裁《た》っ付け袴を脱いで着流しの裾を絡げて後ろ帯にたくし込むんだよ。おお、だいぶ様子が変わったな。その恰好で前かがみになってよ、とぼとぼと歩いてみな。赤目小籐次様は背丈は低いが姿勢がいいや、そりゃいけねえよ。もっとよ、前かがみにして腰を落とすんだよ。さすれば年寄り職人の仕事帰りに見えようぜ」

留三郎が小籐次の形を手直しした。

「刀も預けた、破れ笠もこちらにおいた。なんだか寂しいな。たれぞに襲われたときは素手だ」

「おまえさんなら素手で一人ふたりはなんとかなろうじゃないか」

「竹とんぼだけ懐に入れていこう」

小籐次はいったん預けた破れ笠の縁から竹とんぼを抜き、懐に入れた。

「四半刻で戻る」

　と言い残した小籐次は、腰を落とし前かがみの姿勢でとぼとぼと汐留橋を渡り、わざと木挽橋が架かる三十間堀へ遠廻りして三十間堀町の西の河岸道に出た。そこから尾張町の辻へと出て、芝口橋へと向った。

　久慈屋ではすでに店仕舞いしていた。ために店の前にも芝口橋にも赤目小籐次目当ての信心の人はいないように思えた。

　小籐次は仕事帰りの老職人のように足を引きずり、角に店を構えた久慈屋へと寄っていくと、小僧の小助が船着場から姿を見せて、

「じいさんよ、もう酔っているのか。早く自分の長屋に戻らねえと秋の陽は釣瓶《つるべ》落とし、すぐに真っ暗になるぜ」

　と注意した。それには答えず久慈屋の通用口によろよろと近づくと、素早く店の中に入り込んだ。

「じいさん、だめだよ。うちはもう店仕舞いなんだからね。それにうちは壁塗り職人に売るものなんてなにもないよ。紙問屋だよ」

　と言いながら小助が慌てて敷居を跨いだ。

　そのとき、店の中では手代の国三が店の上がり框で銭勘定をしていた。

「じいさんさ」

と呼びかける小助の声に、銭勘定をしていた国三がこちらを見た。

「国三さんや、まさかその銭は賽銭とは言われまいな」

腰を落とし前かがみの姿勢が、すっくと伸びて国三に尋ねた。

国三が驚いた風もなく、小籐次を見て微笑んだ。

小籐次と国三は、数年の空白があったとはいえ、親密な付き合いを為した時期があった。だから、小籐次が形を変えたくらいでは騙されなかった。

「ああ、赤目様か、魂消たな」

小助が素っ頓狂な声を上げた。

「小僧さん、通用戸も閉めなされ」

と大番頭の観右衛門が命じて、小籐次は頬被りを解いて顔を晒した。

「まるで手配書が回された悪人のように、こそこそと江戸じゅうを逃げ隠れせねばならんのか。なんとも不都合なことよ」

と小籐次が嘆き、懐から二日分の賽銭を出して国三に渡した。

「えっ、赤目様の行く先々でお賽銭が上がるのでございますか」

「浅草駒形堂の備前屋でも蛤町裏河岸でもどこから湧き出すか、善男善女が現れてそれがしと目を合わさぬようにして口の中で念仏の如きものを唱えて、賽銭を洗い桶に放り込んで立ち去るのだ。どうにかならぬか、若旦那」

と帳場格子の浩介に質した。

「こればかりは止めようがございません」

と浩介が応じて、

「魂消ましたな。こりゃ、並の酔いどれ大明神信心ではございませぬな。だいぶ続きそうですぞ」

観右衛門が帳場格子から出てきて小籐次に言い、さらに新たな話をした。

「赤目様がいなくても大勢の信心のお方が芝口橋からうちの前に並ぶんですよ。最初はこりゃまた変わったことがと思ってただ感心しておりましたがな、昨日今日の様子ではうちの商いに差し支えが出てきました」

「相すまぬことです」

小籐次は久慈屋の一統に頭を下げた。

「京屋喜平の菊蔵さんはもはやどうしようもない、久慈屋さんは角地だ、角に小さな社を建てて賽銭箱を置きなされなんて言われるのですよ。なんたって往来しながら銭をうちの土間に投げ込んでいく不届き者も出てきました」

国三は黙々と小籐次の持ってきた賽銭を数えて、賽銭帳と新しく書かれた帳簿に書き入れていた。

「赤目様、大番頭さん、これまでの賽銭の総額でございますが、十七両二朱と三百七十五文を数えます」

「わずか三日でかような上がりですか。ちょっとしたお店の利よりすごい」

観右衛門が感心し、

「それがしは気色が悪い」

と小籐次が掛け合った。

「大番頭さん、読売屋の空蔵さんが本日の昼間見えたのではございませんか」

浩介が観右衛門に注意を促した。

「おお、そうでした」

「空蔵さんの用はなんでござった」

「赤目様がいないにも拘らず長い参拝の行列に驚いた顔付きで、なにも言わずにいつの間にか姿が消えておりましたので」

空蔵の調べがついたのなら小籐次に知らせに来るはずだった。それが久慈屋の様子を見にきたということは、未だ探索の目途《めど》がついていないのではないか、と小籐次は思った。

　小籐次はどさりと店の上がり框に腰を落とした。

「困ったな。こちらには迷惑をかける、それがしには無言の人間がついて回る。研ぎ仕事どころではない」

　小籐次が呟くところに通用戸が叩かれた。小僧の小助が臆病窓の前に行き、爪先立ちになって、

「本日は店仕舞いにございます」

と外へ告げたが、とんとんと戸が繰り返し叩かれた。小助が臆病窓を引いて外を覗いていたが、

「なんだ、難波橋の親分か」

と爪先立ちを止めると通用戸を開いた。すると、どうぞ、旦那、という秀次の声がして南町奉行所の近藤精兵衛が姿を見せ、そのあとに秀次親分が従っていた。

「ご苦労に存じます」

　近藤は国三がいくつかの山に小分けした銭を見て、

「賽銭かな」

「はい。この三日で集まった金子が、都合十七両二朱と三百七十五文にございま

す」

「なかなかの上がりにござるな、赤目どの」

と小籐次に視線を移し、

「赤目どの、いささか困ったことが起こった」

と言った。すると浩介が、

「大番頭さん、近藤様方と赤目様に店座敷に上がってもらったほうがようございましょう」

とすかさず言った。

観右衛門が頷き、三人を店座敷に通した。その場に立ち合った久慈屋の人間は観右衛門だけだ。

四人が座に着き、近藤が早速口を開いた。

「城中で寺社方から町奉行に文句が来たそうな」

「えっ、どういうことでございますか」

と観右衛門が小籐次に代わって聞いた。

「赤目小籐次が酔いどれ大明神を標榜して賽銭集めをしておると、寺社奉行に投げ文があったそうな。大かたこの界隈の寺社仏閣が、赤目どのに人気と賽銭をさらわれたと寺社方に投げ文をしたのであろう。そうなれば寺社奉行としても動かざるを得ぬ」

「近藤様、赤目様はなにも好き好んで自ら酔いどれ大明神と名乗り、賽銭を強要したわけではございませんぞ」

「そのようなことは寺社方も町奉行も承知のことだ。だが、寺社奉行から公にそのような注文がつけば町奉行もそれなりに応えざるをえまい」

「近藤様、お言葉でございますが、一文だって赤目様は懐に入れたわけではございません。ご存じのとおり久慈屋が賽銭を預かり、然るべき折に町奉行所に御救小屋の費えとするように差し出すことになっております」

「観右衛門、それも分っておる」

「ですが」

と観右衛門が言いかけたとき、久慈屋昌右衛門が店座敷に入ってきた。

「大番頭さん、まずは近藤様のお話をお聞きなされ」

と注意し、

「おお、これは失礼をば致しました、近藤様」

と観右衛門が詫びた。

「いや、こたびの一件、かように話が広がるとは思わなかった。さすがは赤目小籐次どのが絡んだ話じゃな。ともあれ、最前も聞いたが三日で十七両もの賽銭が上がる寺社仏閣がどこにある。ともかくじゃ、この一件、お奉行の筒井政憲様の耳に入れておいたことがよかった。筒井様の、赤目小籐次は賽銭など私《わたくし》する気持ちは毛頭なく、御救小屋の費えに寄進するという申し出がすでにあり、賽銭は紙問屋の久慈屋が預かっておるという話に、寺社奉行の本多正意《まさおき》様も太田資始《すけもと》様も得心なされたということだ」

「それはなんともようございました」

南町奉行の筒井和泉守政憲は長崎奉行から文政四年に転免してきた人物であった。

「いや、近藤様の素早い決断が赤目様の窮地を救われましたな」

と観右衛門も喜んだ。

「だがな、久慈屋、赤目どの、もはや賽銭を受け取るわけにはいかぬ」

「近藤様、たびたびお言葉を返すようですが、赤目様がおられぬにも拘らず往来からうちの土間に向って賽銭が投げ込まれるのを、どう止めたらよいのでございますな。それにこの騒ぎ、浅草界隈にも深川にも広がっておるそうです。数日内に下火にならぬかぎり、江戸じゅうに広がりましょうな」

「困ったのう」

　近藤精兵衛も打つ手がないという顔をした。

「ご一統、差し当たってそれがし、研ぎ仕事をしばらく見合わせます。これで仕事を続けておりますと、火に油を注ぐような騒ぎになるやも知れませぬ」

「そなたになんの罪咎《つみとが》がないのはこの近藤も承知しておる。気の毒じゃがそうしてくれぬか」

　と近藤が願い、小籐次は頷いた。

「近藤様、されどうちは店を閉めるわけにはいきませんぞ」

　と観右衛門が言った。

「致し方あるまいな。いくら寺社方でも久慈屋の商いまで停止《ちょうじ》にするわけにはいくまい。筒井様もお受けになるまい」

「ですが、賽銭の投げ込みは当分続きましょうな」

　と観右衛門が言い、

「それも黙認して騒ぎが鎮まるのを待つしか手はあるまい」

「その間の投げ銭は十七両に加えてようございますな」

との観右衛門の問いに近藤が首肯《しゅこう》した。

「ご一同様、お邪魔してようございますか」

店座敷の外から浩介の声がした。

「なんですね、ここは若旦那のお店ですよ」

秀次が言い、浩介が入ってきた。

「ご一統様のお話はなんとなく耳に入っておりました」

と浩介が言い、

「なんぞ異論がございますかえ、若旦那」

と秀次が質した。

「いえ、そうではございません。この話、一体全体どこから始まったのでございますか。それによっては赤目様が研ぎ仕事をしばらくお休みすることで済む話かどうか、いささか対応が変わりましょう」

「若旦那、わっしも手を尽して調べてはいるんだが、だれが言い出しっぺか、分らないんでございますよ。とかくこのような話は、大きくなればなるほど、『ああ、あれはおれが言い出したことだ』という輩《やから》ばかりでございましてね、いちばん最初に言い出した人物を探り出すのは難しゅうございます」

「秀次親分、そこです。赤目様を生き神様だか大明神に祀り上げて、研ぎ仕事を休ませるように企んだ人物がいたとしたらどうなりましょうか。この数日、この騒ぎを見聞するにつけ、なんとなく意図があっての話ではないかと考えたのでございます」

浩介が考えを説明し、

「若旦那、この一件、ただの思い付きでも遊びでもないと言われますので」

と秀次が質した。

小籐次は浩介の言葉に、この騒ぎの真実に気付いた人物が新たに現れたと思ったが、その場ではなにも発言しなかった。

「だれがなんのためにだえ」

近藤同心が自問するように呟いた。

「赤目小籐次様の武名は私どもが承知しておるより大きく、それを恐れておられる方がかような騒ぎに赤目様を巻き込んだということはございますまいか」

「若旦那、それは考えられますよ」

と観右衛門が大きく首肯した。

「そうでしたか、赤目様が研ぎ仕事をしながら江戸におることが邪魔と思う人間がどこかにおるのでございますか」

　昌右衛門が呟き、近藤が秀次を見た。

「わっしはそこまで思い付きませんでしたぜ。考えてみれば赤目様が江戸にいるのは都合が悪いと考えるご仁は、五万といましょうからな」

「秀次、明日から賽銭うんぬんより赤目どのにそのような企てを考える野郎を洗い出せ。南町奉行所はこれまでも赤目小籐次どのに何度か助けられてきたんだ。このまま赤目小籐次を隠居させるわけにもいくまい。南町が困ることになる」

と近藤が言って、にやり、と笑った。


　小籐次は魚田の盛られた丼と貧乏徳利を提げて、汐留橋下に止めてあった小舟に乗り込んだ。

　久慈屋では酒と夕餉を仕度していたが、小籐次はそれを断わった。

　明日から研ぎ仕事を止めるならば、その旨を蛤町の裏河岸の竹藪蕎麦の美造や駒形堂の備前屋に知らせておいたほうがよいと思ったのだ。ともかく賽銭を受け取ってはならぬ、と早く言っておこうと思ってのことだ。

　小籐次は久慈屋の裏口から金六町の路地裏に出ると汐留橋に戻り、留三郎から備中《びっちゅう》国刀鍛冶次直が鍛造した一剣と破れ笠を返してもらい、裁っ付け袴を穿くと、おりょうに魚田を土産にしようと買い求めたのだ。

貧乏徳利の酒は、久慈屋の女中頭のおまつが夕餉も食さずに須崎村まで戻るという小籐次に、

「帰り舟で飲みな」

と持たせてくれたものだ。

「留三郎親方、丼は明日にも戻すでな」

と河岸の屋台に叫ぶと、あいよ、いつでもいいぜとの返事が戻ってきた。

舫い綱を解き、流れに乗せると築地川へと向けた。

舳先付近で莚がごそごそと動いた。

「赤目小籐次の舟と知って潜んでおったか」

と声をかけると、

「当たり前だ」

とほら蔵こと空蔵の声がして、莚の下から起き上がった。

月明かりで空蔵の顔が疲れ切っていることが分った。その視線が貧乏徳利に向けられた。

四

「空蔵さんや、酒を飲むならば自分でやれ」

小籐次の言葉に空蔵が小舟の中をごそごそと動き、徳利を両腕に抱えると口で栓を抜き、舟底に放り出すと、口を直につけて、ごくりごくりと喉を鳴らして飲んだ。そして、
ふうっ
と大きな息を肩で一つした。

「酒を飲む作法まで忘れたか」

「酔いどれ様よ、人間てのは勝手の違うことに遭うと、どうにもこうにも抑えが利かないものだな」

と空蔵が言った。

「なにがあった」

「なにもない。姿も見せず襲われもせず、それでいておれの周りには何者かがへばりついて闇の中に引きずり込もうとしてやがる。それが分るんだよ」

「ふうーん」

「信じてないのか」

「いや、信じておる」

「ならばなぜ鼻なんぞで返事をした」

「すまぬ。考えておったのだ」

「なにを」

小籐次は小舟を築地川から江戸の内海の縁沿いに、鉄砲洲と佃島の渡し場の間の狭い海峡に向けた。

「それがしの方に寺社奉行から注文が付いた」

「なにっ、寺社奉行だと、話が大きくなりやがったな」

「酔いどれ大明神などと名乗り、賽銭を受け取ってはならぬというお達しが、城中で寺社奉行より南町奉行筒井様にあったそうだ。むろん筒井様はそれがしがさようなことを自ら名乗り、賽銭を受け取っているのではないことを承知しておられる。またそれがしが賽銭は御救小屋の費えにすることを筒井様に伝えていたことが効を奏してな、筒井様が寺社奉行に説明なされた。ゆえにこたびはなんのお咎めもなかった。だが、当分研ぎ仕事は辞めざるをえなくなった」

「なんということだえ」

「南町奉行の言葉を伝えてくれたのは定廻り同心の近藤精兵衛様と難波橋の秀次親分だが、二人は芝界隈の神社仏閣から城へ文句が出て、かような処置をせざるを得なくなったというておられた。だがな、そなたの話を改めて聞いて、こりゃ、神社や寺は賽銭が少なくなったというので、注文をつけたというのとは違う気がした」

「違うな。こりゃ、もっと上の方の意思でなにかが起こっているのだよ、酔いどれ様よ」

と応じた空蔵が、こんどは傍らに転がっていた茶碗に抱えていた徳利から酒を注ぎ、小籐次に渡した。

「頂戴しようか」

片手漕ぎで櫓を扱いながら茶碗酒を一口飲んだ。

「上の方とは幕閣のどなたかという意味か」

「酔いどれ様よ、思い当たる節はあるか」

「わが旧藩は一万二千石そこその小名だぞ。御鑓拝借の一件は昔の話だ」

「おれが上のほうと言ったのは言葉の綾だ。得体のしれない人間に付きまとわれているようでな」

小籐次は残りの茶碗酒を飲んで茶碗を空蔵に返した。

「江戸には白昼だって闇はある。そんなところから見張られているような気がするんだ。そのことを感じるたびに、おれの体を冷たい悪寒みたいな恐怖が突き抜けやがる」

しばし考えた小籐次は空蔵に、

「腹が減っておるなれば魚田を食べよ。おりょう様に買ってきたものだ」

「腹を膨らませて、どこぞで放り出そうという算段か」

「そのような薄情はせぬ。今晩は須崎村に泊まれ。明日からのことを話し合おうではないか」

「おりょう様の望外川荘にか」

「嫌か」

「嫌もへちまもあるか。このような時でないと泊まれまい」

「それがしは仕事を失くした。明日から為すべきこともない」

「おれも開店休業に追い込まれた」

「仕事を失くした二人が文殊の知恵を出し合おうではないか」

「そうこなくちゃ」

と答えた空蔵の言葉に力はなかった。

「魚田はおりょう様の土産だろうが、須崎村まで酒を舐めて我慢しよう」

と空蔵が遠慮した。

「好きなようにせよ」

と応じた小籐次は櫓をゆったりと漕ぎながら考えた。

全くこたびの一件は、小籐次が思いもつかぬところから始まった出来事か、あるいは作り話が偶然にも広がりをみせてかような次第になったのか。

空蔵が言うように異界のなにかが小籐次にちょっかいを出した話か。どれもありそうではあったが、小籐次の頭にぴんと来なかった。

今晩も駿太郎とクロスケが望外川荘の船着場に迎えに出ていた。駿太郎の手には提灯《ちょうちん》が下げられ、二人を照らし出していた。

「駿太郎、クロスケ、なんぞまたあったか」

「いえ、母上のところに客人があっただけです、門弟衆です」

「昨日、歌会の場で口論したという二人の内の一人か」

「いえ、違います。お城勤めのお方です」

駿太郎が答えると空蔵が二人の話に食いついた。そこで小籐次がざっと経緯《いきさつ》を説明した。

「なに、芽柳派の歌会でけんか騒ぎがあったのか。そりゃ、おりょう様に懸想した二人が、かあっ、となって組んずほぐれつの諍いになったか。小ネタだが、いけるかもしれねえな」

「空蔵、そなた、小ネタなどに関わっている余裕があるのか」

「あっ！　それどころじゃなかったな。駿太郎さん、いつも酔いどれ様の出迎えに船着場までこられるので」

「いえ、違います。今晩、クロスケが父上の小舟の櫓の音を聞き分けて吠えて教えてくれたのです。だから、来たばかりです」

「そんなことかえ」

空蔵が望外川荘の庭の暗がりに目をやり、ぶるっと身を震わした。

「この界隈は江戸よりだいぶさびしいな。駿太郎さんが提灯で照らしてないと、足元だって見えないぞ」

「空蔵さん、魚田の匂いは駿太郎もクロスケも嗅ぎ分けられます」

「酔いどれ様がおりょう様に買われた土産ですよ」

と言い、

「今晩はいささか子細がございましてな、望外川荘に泊めてもらいます」

と駿太郎に願った。

おりょうは小籐次が空蔵を連れ帰ったことにさほどの驚きを見せなかったが、なんとなく小籐次に話をしたい出鼻をくじかれたという表情を一瞬見せた。だが、空蔵の抱えた丼を見て、

「おや、駿太郎が食した魚田にございますか」

となぜかすぐに言い当てた。

「どうして駿太郎が魚田を食べたなどと言われるか」

「そうそう、このことは男同士の内緒ごとにございましたね。でも、駿太郎の年頃です。父と屋台で食した出来事を隠し通せるとお思いですか。駿太郎は嬉しくてりょうに喋らずにはいられなかったのです」

おりょうの言葉に駿太郎が、

「ご免なさい」

と小籐次に詫び、

「駿太郎さん、なにも謝る話じゃないよ。ほれ、おりょう様、酔いどれ様からの

そなた様への土産ですよ」

と空蔵がおりょうに渡した。

「おりょう、いや、おりょう様、今晩空蔵をこの家に泊めたいがよいか」

と小籐次が念押しした。

「この家の主様は赤目小籐次様にございます。それに女房にいつまで様をつけて呼ばれるおつもりですか」

「そうはいうてもなかなか慣れんでな」

と言い訳する小籐次と空蔵の顔を見たおりょうが、

「駿太郎、湯加減を見てくだされ。父上と空蔵さんが入られます」

と命じ、

「その間に夕餉の仕度をしておきます」

と小籐次も空蔵も腹を空かせていることを見抜いたようで言った。

「遅くにすまぬ」

と詫びた小籐次は、

「客人があったそうだな」

と駿太郎から聞いた話を仕掛けるとおりょうが、

「そのことはまたいずれ」

と空蔵の前で話すことを避けた様子があった。


「どうです、父上。湯加減は」

駿太郎の声が釜場からして、

「おお、極楽じゃ」

小籐次は応えていた。

「ならばごゆっくり」

と言い残した駿太郎が母屋に戻った気配がした。

「おかしな話だね」

「それがしが大明神に奉られた話か」

「それもある。だがよ、おりょう様と酔いどれ様が夫婦だなんて、江戸じゅうのおよその人間は信じまいぜ」

「その話か。それがしがいちばん信じておらぬ」

「呆れた、と答えたいのが正直な返答だな。おりゃ、人は見かけだって考えに賛意を投ずる読売屋だ。だって、大概の女も男もよ、見かけと懐具合で相手が決まらあ。それが酔いどれ小籐次様は、説明の要はないほどのぶ男だ。ついでにいえば懐具合だって豊かじゃねえ。研ぎ仕事で暮らしを立てているほどだ。こたびの酔いどれ大明神騒ぎでよ、賽銭が上がり、分限者《ぶげんしや》の仲間入りと思ったら、御救小屋の費えにするなんて考えやがる。これでまた貧乏神は離れないままだ。どこがいいのだかね」

と空蔵が嘆息し、

「空蔵、湯船に浸かれ。交代しようか」

と小籐次は洗い場に出た。すると洗い場に白無垢の長襦袢《ながじゆばん》のおりょうが姿を見せて、

「わが君、背をお流ししましょう」

と言った。

「えっ、ああ、な、なんてことだ」

と空蔵が泡を食って湯の中に顔を半分つけかけたが、おりょうを見ないようにして顔を上げ、そおっとその光景を眺めた。

「夢じゃないよな。あのおりょう様が酔いどれ爺の背を流すなんて、世間にありかよ。前代未聞、空前絶後の話だぜ」

「空蔵さん、そなたは何年読売屋をやっておられますな」

「か、かれこれ二十数年にはなりますぜ」

「人の機微を承知のようで、女心は未だご存じないようですね」

「おりょう様、この際だ。聞いておこう。この酔いどれ小籐次のどこがよろしいので」

「これだけの武士《もののふ》が、男《おのこ》がどこにおられますので。旗本八万騎と幕府ではその威勢を誇っておられますが、八万騎が束になっても赤目小籐次一人に敵いますまい」

「まあな、御鑓拝借の勇者だものな。武術じゃ、だれも敵う者はいないよな。だけど、それで女心を摑むってのが分らない」

「空蔵さん、それだけの武勇の主がそのことを誇りもせずその腕前を売ろうともせず、相変わらず研ぎ仕事で私と駿太郎の暮らしの費えを立てておいでてでございます。それ以上の人間がこの江戸に、いえ、三百余州におられますか」

「そう言われればそのとおりだがよ。おりょう様とどこか不釣合いだ」

「空蔵さんは未だ修行が足りませぬ。人の外見やらごまかしの言葉に惑わされてはなりませせぬ」

と言いながらもおりょうはせっせと小籐次の背中を流し、

「さあ、こんどはおりょうの方に向き直って下さいませ」

「おりょう、そ、それはよい」

と小籐次が慌てて、

「夫婦の間に遠慮など要りませぬ」

「いや、空蔵をこれ以上驚かせてもならぬ。おりょう様、夕餉の席で会おう」

おりょうを洗い場からなんとか追い立てた。

「ふえーぃ」

空蔵が長い溜息を吐いた。

「おりゃ、信ずる。北村おりょう様の亭主は赤目小籐次だってな」

「空蔵どの、赤目小籐次様の女房がりょうにございます。肝心なところで間違いがあっては困ります」

脱衣場からおりょうの声が聞こえて気配が消えた。

しばし湯殿を沈黙が支配した。

「この話はよしにして明日からの話じゃ」

「明日からの話ってなんだえ」

「しっかりせぬか。そなたを闇から見張る眼の話だ」

「おお、そうだった。こっちはおれの命が掛かっているんだったよ。酔いどれ様、おめえはこたびの一件でそのような感じを受けたことはないか」

「今のところないな」

「おかしいじゃねえか。おれの命を消したところで世間はなんとも思わないぜ。これが一首千両の赤目小籐次となると話が違ってくる。そうじゃねえか、こんどの一件だって、真の相手は赤目様じゃないとおかしい。それがどういうわけだ」

「それがしを追い詰めるために周りから攻めておるのかもしれぬ」

「というとおれを脅かしておいて、次には久慈屋とかおりょう様とかを怖がらせようという策か」

「そうかもしれぬ。だが、今のところ確たる証はなにもない。はっきりとしていることは、それがしと読売屋の空蔵が仕事を失ったことだけだ」

「どうするよ」

空蔵が湯船から小籐次に質した。

小籐次は体が冷えてきたことを感じた。気のせいではない。空蔵の恐怖のせいで周りの空気も冷たく感じられた。

小籐次は空蔵の傍らに身を沈め、

「そなたを見詰める眼を光の下におびき出すしかあるまい」

「そんなことができるか」

「おとりの餌がいる」

「餌だと。相手の好みが分るのか」

「分る。まずはそなたがおとりじゃ」

「えっ、おれがか。この三日で十分に怖さは味わった。だれか別のおとりにしてくれないか。おりゃ、江戸から逃げ出したいよ」

「ふだんなんと威張っておる。天下のほら蔵、筆を持たせれば怖い者なしなどと豪語しておらぬか」

「えっ、そんなことまで承知なのか。だけどよ、こんどのようにつかみ処がない相手にどう手を打つよ。おれが斬り殺されて終わりだよ」

「そうはさせぬ。そなたはこれまでどおり相手のことをびしびしと調べ上げよ」

「相手は必ずおれを捕まえにかかるぜ」

「それが狙いだ。それがしがそなたの行くところどこなりとも従って参る。案ずるな」

「赤目小籐次様がおれと同道ならば安心だ。だって刃が向けられる相手はおれじゃないものな、酔いどれ様に斬りかかった隙におれは逃げる」

「どうとでもせよ。だが、それがしはそなたの眼にも止まらぬように尾行する。相手が闇から姿を見せるのが先か、それがしがそやつに誘《おび》き出されるのが先か、どちらにしても姿が見えんでは勝負のしようもない」

「酔いどれ様、おれの眼に入らないように尾行なんて出来るか、おれが斬り殺されたあと、駆けつけたって間に合わないんだよ」

「案ずるな。こたびの一件、赤目小籐次と天下の読売屋の空蔵は一心同体じゃ、そなたの命は必ず守る」

「おまえさんが殺《や》られたときには」

「諦めよ。いっしょに三途の川を渡るまでだ」

との小籐次の言葉に、ようやく空蔵が頷いた。

座敷に二つの膳が用意され、温め直された魚田も三つめの膳に用意されていた。

「母上、魚田をお召し上がりください」

駿太郎がおりょうに勧めた。

「よいのですか、亭主どの」

「おりょう様、魚田を初めて食するか」

「初めてにございます」

「鮎の魚田なれば料理茶屋の膳に供されよう。だが、鰯の魚田ではな、屋台どまりだ。本来なれば汐留橋の屋台で料理したてを食すると美味じゃがな、まあ、食してみよ。本日の魚田は魚があまり生きのいいのが入らなかったゆえ、鰯だけじゃぞ」

と小籐次がおりょうに勧めて、おりょうが魚の田楽というべき魚田に箸をつけて、口に入れ、

「おお、味噌と山椒の香りがしてなんともいえません」

とにっこりと笑った。

小籐次には湯殿のおりょうの顔に憂いが漂っているように思えたが、鰯の魚田を食したおりょうは、

「駿太郎、そなたも召しあがりなされ」

と皿と箸を渡して魚田を取り分ける母親の姿そのものであった。そしてどことなく憂いが消えたように小籐次には思えた。

小籐次は熱燗の酒を注ぎ合い、

「空蔵、われらの勝負はこれからだ。首尾が上々吉に終わることを祈ろうではないか」

と言い、空蔵が頷いて互いに飲み合い、まずはほっとした。

「おや、読売屋の空蔵どのとなんぞ契りを結ばれましたか」

「おりょう、われら、仕事を失くした者同士でな、契りを結んだ。動き出すのは二日ほどあとのことだ」

小籐次が本日の展開をおりょうと駿太郎に話し聞かせることになった。そんなわけで秋の夜は長くなりそうな気配だった。

第三章　刺客あり

一

望外川荘に二日ほど隠れていた空蔵はいったん奉公先の読売屋に戻り、仕事に復帰した体をとった。そのあと、一刻ほど読売屋にいた空蔵は、町に出ると酔いどれ大明神騒ぎの取材を再開した。

だれが最初にこのような噂を広めたのか、改めて調べをした。

人が集まる芝居小屋、吉原を始めとする四宿の遊里、魚河岸、床屋、湯屋、広小路などの聞き込みをこれまで以上に丹念に繰り返した。これまでの調べ以上に、

「騒ぎの背後に仕掛け人がいる」

ことを明白にどこでも言い残していた。

夕刻、北紺屋町にある自分の長屋に戻った。そして、朝になるとふたたび取材を繰り返していった。

空蔵が調べを再開して四日目、なんとなく噂の出元に関わる人物がおぼろに浮かんだ。武家ではないが幕府に関わる人物が、この騒ぎの背後に控えているような情報を得た。

それは日本橋に近い平松町裏の鍼床《はりどこ》の親方、万五郎が言い出したことだ。

鍼床という変わった店の名は、親方の祖父が鍼灸師《しんきゅうし》をしていたことに由来していた。親父の代に鍼灸師から髪結い職人に替わり、ただ今の万五郎が二代目だ。

むろんこの万五郎の鍼床にも問い合わせに一、二度行っていたが、いつも込み合っていて話を聞くどころではなかった。

空蔵は取材を再開して四日目の夕暮れ前、ふらりと鍼床に立ち寄った。

表の腰高障子には、万五郎の背中で艾《もぐさ》が煙を上げ、鍼が二本ほど肩に刺された図柄が描かれてあった。

「おや、ほら蔵さんか」

万五郎が空蔵を見た。

鍼床は店仕舞い時分で、もはや客はいなかった。

「遅かったか」

「なんだい、無精ひげが伸びてやがるな。ひげくらいならおれがあたってやろう」

「頼む」

空蔵が床に胡坐を掻くと、小僧が湯を張った桶に手拭いをつけて蒸らし、親方に届けてきた。

「すまねえ」

「おまえさんには二度ばかり無駄足を運ばせたからな」

「知っていたか」

「あたぼうよ。馴染み客の出入りくらいちゃんと見ていらな」

「その鋭い眼光で、このほら蔵の悩みを解決してくれないか」

「その問い、当ててみせようか」

「ほう、親方は八卦も見るかえ」

「爺様以来、うちは鍼灸師と床屋で八卦はみねえ。だがよ、おまえさんが赤目小籐次様と付き合いがあるくらいはだれもが承知のことだ。酔いどれ様が大明神に奉られた経緯を調べているんじゃないかえ」

「親方、そのとおりだ。だが、どこを突ついても仕掛けた野郎の姿が見えない。いや、この背後には必ず魂胆を持った人間が潜んでいるはずなんだな」

「教えてやろうか」

えっ、と空蔵が剃刀《かみそり》を研ぐ親方に体を向け、手を差し伸べた。

「危ないぜ、剃刀を手にした職人の前に手なんぞを突き出してよ。なり立ての職人ならおまえさんの指を傷つけているぜ」

「おっと、親方で助かった。だけど、仕掛け人を承知というのは本当かえ、冗談じゃねえよな」

「冗談じゃねえが、ちょいと気にかかることがあるんだ」

「話してくんねえ」

「もう一月前のことだ。うちでは職人は、代々小僧から仕込んで一人前に育てあげるのが決まりだ。だがな、二年ほど前に知り合いの同業から一人、通いの職人を預かってくれないか、腕は保証するといわれて雇った男がいる」

「勇さんかえ」

「おお、承知だったたか、勇三だ。流れ者の職人ではねえが博奕《ばくち》好きでな、病が出ると仕事を放りだして賭場通い、それでどこでも奉公が長続きしない。流れ流れてうちに辿り着いたってわけだ。そのときよ、もはや金輪際博奕はしませんと証文を書いて入れ、女房といっしょに頭を下げられて雇った。たしかに腕は一人前だよ、無口だが客あしらいも心得ている。この二年、真面目に働いてきた。初めての子も生まれ、もう大丈夫だと思った矢先のことだ。法事があるので仕事を休ませてくれっていうのでな、二日ばかり店を休ませた。店に戻ってきたには来たんだが、どことなく荒《すさ》んだ雰囲気が勇三の体から漂ってきたのをおれは見逃さなかった。それでも働きは以前と同じだ。そんな勇三を名指しで頼む客がいた、うちには初めての人間でな。勇三が名指しの客の注文をうけていいかって顔でおれを見るからよ、頷いて許してやったんだ。客のなりは上等だ、絹物に履物も値の張る雪駄《せった》だ。細面に頭巾をかぶり、細い両眼がなんとなくうさん臭い感じが漂ってくる。勇三は客と静かに喋りながら仕事を終えて、客は髪結い代になにがしかの銭を見せて支払い、戻った。そこでよ、おれが長年の知り合いかい、と聞いたと思いなせえ、空蔵さんよ」

万五郎親方に問われた勇三が頷くと、

「へえ、釣り仲間なんですよ」

と答えた。

酒を飲まない勇三は博奕を禁じられて、朝の間大川で釣りをしていると聞いていた万五郎は、

「身分のありそうなご仁だね」

「わっしら、仕事のことなんて話したことがございません。まさか、あの方がわっしの奉公先を訪ねて、わっしを名指しで髪結いを頼むなんてびっくりしました」

「ふーん。まあ、職人は名指しされて一人前だ。また来られるといいな」

万五郎が勇三を励ますようにいうと、

「親方、あのお方が奇妙なことを言われましたんで」

「なんだえ、奇妙なことって」

「へえ、『この界隈じゃあ、赤目小籐次は名が知れ渡っていよう。その赤目にな、ご利益があるのが分った。研ぎ場の前に黙って立ち、願かけすると願いがなんでも叶うそうな。ああ、神仏に参るように手を合わせたり、無言で柏手を打ったりしてな、好きな念仏でもなんでも唱えると利くそうだ。勇三、おまえも酔いどれ小籐次に願かけすると、博奕絶ちができるのではないか』というんですよ」

「なんだって、あの赤目様にそんなご利益があるのか」

「というんですがね、でもよ、親方、なんであのお方、わっしの奉公先を承知しているんです」

と勇三が首を傾げたという。

「……ほら蔵さん、そんときな、うちにそれなりの客がいた。だから、勇三が話したことを客が聞いていた」

「そいつがひと月前のことだな、親方」

「ああ、だが、そんな話はそんときりだ。わっしも忘れていた。ところがよ、二日前のことだ。久慈屋に大勢の酔いどれ小籐次詣での人が行列していると聞かされてぶっ魂消たぜ。勇三も驚いた様子で、おれの面を見た。その日、店が終わって勇三が長屋に戻る前、『おまえの客の話は真だったな』と質すと、やつも『わっしも驚きました。帰り道に久慈屋に立ち寄って様子を見てきます』と言ってな、帰っていった」

「勇さんの客筋は全く分らないのかえ」

「おれも長年の客商売だ。およその仕事筋とか、身分は推量つくんだな。最前も言ったがなりはいい、その腰に小さ刀を差していたところを見ると、武家方かね。だがよ、頭巾の下は総髪《そうはつ》と見た」

総髪は月代を剃らず、髪を伸ばして結い上げる男の髪型で、医師や儒者や神官に多く見られた。

「総髪の武家だって、齢はどうだえ」

「五十路《いそじ》にも見えるが意外と若いか、年寄りか」

「どっちなんだよ、五十路より上か下か」

「そいつが曖昧でな、おれも困っているんだよ。だがな、おれの勘だが、酔いどれ大明神の言い出しっぺはこの人物に間違いねえよ」

いつの間にか空蔵の髭はさっぱりとしていた。さすがは鍼床の二代目の親方だ。

「どこにいるよ」

「だから、住まいもなにも分らないんだよ」

「親方、そうじゃねえよ。勇さんだよ」

鍼床では職人たちが後片付けに余念がなかった。その中に勇三の姿はなかった。

「勇三か、ありゃ、だめだな。きっとまた博奕に手を出したぜ」

「いつからだ」

「そういえば久慈屋の様子を見てくると言った日以来だから、この二日顔を見せてないな。博奕断ちの願かけをしたんじゃなくて、博奕で大儲けする願かけでもして賭場に走ったんだろうよ」

万五郎が諦め顔で言った。

「親方、勇三さんの住まいはどこだ」

「鉄砲町の蠟問屋紀伊屋の家作の長屋に、女房と一歳の子どもと住んでいるという話だがね」

「鉄砲町って小伝馬町の牢屋敷の近くだな」

「そのほかに鉄砲町なんてあるか」

「有難うよ、親方」

と一朱を払った空蔵に、

「ひげをあたるだけで気張ったたな」

と万五郎が笑った。

髪結い代は明和年間以来二十四文が相場で、鍼床では二十八文の値を付けていたが、客はなにがしか色をつけて支払った。だが、空蔵はひげ剃りだけで一朱を払ったのだ。とはいってもこの金子、こたびの探索の費えとして小籐次が三両渡した中から払ったので、空蔵が身銭を切ったわけではない。

（あたりがあった）

と思った空蔵は鍼床の外に出た。

すでに日はとっぷりと暮れていた。

空蔵はしばし思案をする体で顎に片手を当てていたが、日本橋に向って歩き出した。

空蔵が鉄砲町の蠟問屋紀伊屋の家作の一つ、裏長屋を探し当てたとき、六つ半の刻限で長屋ではどこも夕餉は終わっていた。女たちが井戸端で洗い物をしていたからだ。そして、幼い子の泣き声が長屋のどこからか聞こえていた。

「すまねえ。こちらに髪結いの勇三さんが住んでおられると聞いてきたんだが、どちらかね」

女衆が空蔵をじろりと見た。

「怪しいもんじゃないよ。空蔵って、勇三さんの知り合いだよ」

三人いる女の一人が、赤子の泣いている長屋の閉じられた障子を黙って指した。

「すまねえ」

空蔵が腰高障子の向うに声をかけた。

「鍼床の親方の使いだ」

と声を潜めて言うと中から女の声がして、入ってくれと願った。

勇三は居る様子はない。万五郎親方の察したとおり賭場にでも行っているのか、と考えながら、

「ご免なすって」

と障子戸を開いた。まだ若い女が泣き止まぬ赤子を両腕に抱いて、空蔵を見た。

「亭主はどうしなさった」

「店にも行っておりませんか」

「この二日、来ておりませんよ」

困惑した女の顔がさらに曇った。

「亭主は賭場だね。いつ長屋を出たんだね」

女はどこか茫然自失して虚空を睨んでいたが、泣き止まぬ子を両腕で揺すると、

「二日前、仕事に出たままです」

「なに、二日前から戻っていないのですかえ」

空蔵を鍼床の奉公人と思ったか、女はすまなさそうに頭を下げた。

「おまえさん、名は」

「はあっ」

と応じた女が、

「むぎです」

「おむぎさんか。おまえさん、亭主の通う賭場を知っていなさるか」

むぎは顔を激しく横に振った。

空蔵は長屋の中を見た。

灯心が燃え尽きそうな行灯が一つあるだけで、幼子も腹を空かせているのかと思われた。夜具が片隅に積んであるだけで、夕餉の仕度をした様子もない。金に困っているのはだれの目にも分った。

「おむぎさん、万五郎親方からだ」

小籐次から預かった金子の内から一分金を九尺二間の長屋の板の間の端に置き、ふと思い付いて聞いた。

「亭主は朝釣りが道楽だと聞いたが、どこがいつもの釣り場だね」

「それは牢屋敷裏の龍閑川です」

「大川に出かけるって聞いたけど」

「それは滅多にありません。両国橋下の薬研堀《やげんぼり》に架かる小さな橋付近だと聞いています」

「よし、分った。いいかえ、勇三さんが戻ってきたら、鍼床にいって親方に土下座してでも詫びろというんだ。それしか手はない」

と言い残した空蔵は、勇三とおむぎの長屋を出た。

井戸端では女たちが興味津々に空蔵の様子を見ていたが、空蔵は会釈しただけで木戸を出た。

賭場に居続けるにしても三日の不在は、

（長い）

と思った。

どうしたものか、と思案しながら空蔵の足は、勇三が鍼床に出る前に釣りをするという龍閑川へと向っていた。

龍閑川と牢屋敷の間には土手があり、牢屋敷と隔絶されていた。

そのためか人の往来はなく、九道橋《くどうばし》の常夜灯がわずかに、神田堀とも呼ばれる龍閑川の岸辺を照らしていた。

空蔵は読売屋で奉公する間に、遊びに身を持ち崩した大勢の人間を知っていた。

「飲む打つ買う」

と俗に遊びをいうが、打つ、博奕に嵌《はま》った人間ほど真面《まとも》に戻るのは難しいことを、空蔵はこれまでたくさん見てきた。勇三もその一人だろう。

仕事帰りに久慈屋に寄り、ご本尊の赤目小籐次もいない久慈屋の一角になにを願ったか、まず賭場での勝ちを願かけした、その足で馴染みの賭場を訪ねて二日が過ぎようとしていた。懐にあった銭は大した額ではあるまい。その銭で最初は儲けたとしても何日も続けて大勝ちするはずもない。

どこにいるのか、と空蔵が考えているとあの殺気が戻ってきた。

(しまった)

と逃げ場を探した。

辺りに人影はない。その上、姿を見せない殺気が静かに空蔵を包み込むように輪を縮めてきた。

(迂闊だった)

と河岸道の前後を見回した。

龍閑橋の方角から、ぎいっという櫓の音が響いてきた。

流れに飛び込んで船に助けを求めるか、と空蔵は覚悟をした。

そのとき、九道橋の上に鈴の音が響いた。

小さな体に饅頭笠を被り、墨染の衣に草鞋《わらじ》履き、金剛杖を突いた独りの雲水だった。

空蔵に向って輪を縮めようとした気配が竦んだ。

九道橋の小さな雲水が何者か、迷っている様子があった。

次の瞬間、影が橋に飛んで雲水に向って刃を閃《ひらめ》かせた。

小さな雲水は身を欄干に寄せると金剛杖を虚空に突き出した、なかなかの迅速な技前だった。

その杖の先端が影を突き、橋板の上に転がした。仲間が九道橋に殺到しようとしたとき、虚空に風音が響いて竹とんぼが飛来し、小さな雲水を襲おうとした襲撃者の額や頬を尖った先端で撫で切った。

あっ！

と悲鳴を上げて襲撃者たちが闇の中へと溶け込んでいった。

空蔵は未だ言葉を失って牢屋敷裏の川端に立っていたが、

「出てくるのが遅くはないか」

と橋上の小柄な影に文句を言った。

「空蔵さん、父上の命に従ったのです」

と小柄な雲水が応じた。

「なにっ、駿太郎さんか。おまえさん、蛙の子は蛙だねえ」

思わず感心した体の空蔵が九道橋に歩み寄りながら雲水に声をかけた。すると牢屋敷の土手から小籐次が姿を見せた。

「いくらなんだって、十歳の駿太郎さんをおとりにするなんて危ないじゃないか」

「駿太郎には武士《もののふ》の血が流れておる。また来島水軍流の技の基はすでに教え込んだ。あの程度の者に斬られはせぬ」

「それはいいがよ、あいつら、何者だ」

「そいつは難波橋の親分方が突き止めよう。餅は餅屋に任せて、久しぶりに望外川荘に戻ろうではないか」

と小籐次が空蔵と駿太郎に言いかけた。

二

小籐次と空蔵は須崎村の望外川荘で二日ほど、難波橋の秀次親分が姿を見せるのを待って過ごした。

空蔵は、商売柄無為に過ごすことに慣れないのか、そわそわと落ち着かなかった。一方小籐次は、駿太郎に剣術を教え込みながら、ひたすら秀次の来訪を待った。

駿太郎は一瞬の駆け引きであったが、初めて実戦を経験して以前より自信に満ちた態度であった。

小籐次も龍閑川の九道橋での駿太郎の動きに落ち着きがあり、相手の襲来を見定めて対応できたことを大いに褒めた。

「父上、金剛杖での突きが甘うございました」

「いや、あれでよいのだ。欄干に避けながら突き出した攻めにしてはなかなかのものであった。相手の動きが見えていたか」

「およそのところは」

駿太郎の返答に小籐次は満足げに笑い、縁側にいて父子の会話を聞いていたおりょうは、

「十歳で初陣とはいささか早くはございませんか」

と駿太郎のこれからを案じた。

「いや、戦国時代ならば十歳で戦場《いくさば》に出た若武者もおると聞く。駿太郎はこのところ背丈が大きくなり力もしっかりとついたでな、あの程度の相手に怯《ひる》むわけもないと思うて試したのだ。一年もすればそれがしの背丈を超えよう、楽しみなことよ」

小籐次は独白したが、その言葉の背後には駿太郎が小籐次を仇として襲いくる悲劇が隠されていることを、小籐次もおりょうもひしひしと感じていた。

駿太郎の実父須藤平八郎は、赤目小籐次の前に刺客として現れ、二人は武人として尋常の勝負を為した。勝ちを得た小籐次は、須藤との約定《やくじょう》でまだ赤子であった駿太郎を引き取り、育ててきた。

いつの日か、駿太郎は実の父を討った相手が、赤目小籐次であることを知ることになる。その折、駿太郎は、怒りの刃を小籐次に向けてくることも考えられた。

（その時はその時のこと）

と己に言い聞かせてきた小籐次だった。そのことが駿太郎の武術指導に拍車をかけていた。

「駿太郎、もう一回り大きな木刀を父が造っておいた。使ってみよ」

小籐次はこの日の昼下がりの稽古が始まる前に、長さ二尺八寸ほどの樫の木刀を駿太郎に与えた。

「父上、ありがとうございます」

　と礼を述べて受け取った駿太郎は、だんだんと定寸の木刀の大きさに近づいてくる新しい木刀で素振りをして、

「おお、これまでのものより一段と重みがございます」

　と嬉しそうに、正眼の構えから踏み込みながら振り下ろす動きを繰り返した。

未だ成年の力はない。だが、その動きそのものは滑らかで無駄がなかった。

「駿太郎はよき師を持ちましたな」

「母上、わが父上は赤目小籐次、天下の勇者にございます」

「いかにもさようですよ」

　と三人が言い合うのを読売屋の空蔵が、

「この家の家族はよ、どこか並の一家と違うようだな」

　としきりに感心し、

「それにしても酔いどれ様よ、難波橋の親分は姿を見せるのが遅くないかえ。あの夜から二日が経った。まさか秀次親分たちはよ、得体の知れない野郎どもに斬り殺されたってことはないよな」

と話題を懸念に向けた。

「秀次親分は老練な町方だ。危ないと思われれば避ける術《すべ》も承知しておられる。なにも報せがないということは、探索に手間取っておるということではないか」

と小籐次も内心危惧を感じながらも、空蔵にはこう答えていた。そして話柄を変えるためにおりょうに尋ねた。

「おりょう様、近々芽柳派の集いがあるのではないか」

「そのことにございます。過日、皆さんの前で大声を立てて口論なされたお二人は、いかになんでも姿は見せられますまい。それにしてもいささか気にかかることが」

とおりょうが言いかけたとき、難波橋の秀次親分が船着場のほうから姿を見せた。ためにおりょうの話は中途で終わった。そのことを気にしながらも、小籐次は秀次を労《ねぎら》った。

「おお、ご苦労にござったな、親分」

「いやさ、手間取りました。手間取った割にはあまりお知らせすることがないのでございますよ」

秀次が申し訳なさそうな顔でぼやいた。

八つ半過ぎの刻限だった。

あいが直ぐに親分のために茶菓を仕度して運んできた。

駿太郎は秀次に会釈したが、独り稽古に余念がなく止める様子はなかった。

秀次が茶を一服して話し出した。

「あの夜の連中ですがね、はっきりと数を数えたわけではございませんが、気配だけで察するに女を交えて七、八人はいたと思います。そやつらのあとをわっしらは、たしかに間をおいて尾行致しました。やつらが気配を消した先は、小袋町のそうですね、門構えからして五百石の屋敷でございました。武家地でございますゆえ、ひとの往来もなく、わっしらは夜の明けるのをひたすら待ちましたので」

「ご苦労であったな」

神田川の土手近くの屋敷外では夜の冷込みが厳しかったろうと、小籐次は秀次らに同情した。

この界隈、大袋町・小袋町の里名で通じた。神田川右岸の裏猿楽町の北側の武家地で、延宝（一六七三〜八一）の絵図には、ただ、

「袋町」

と記されてあった。

大久保六右衛門など旗本十七軒の武家地で、東西の通りの奥が袋小路であるところから、この呼び名が言い慣わされたものと思えた。だが、のちに袋小路は元禄六年に神田川の土手まで抜けた。ゆえに今は袋小路ではない。

「へえ、赤目様、寒空で居眠りしたわけではございませんがな、朝になってみると廃絶した御書院番の屋敷でございましてな、隣り屋敷の門番の証言で無人というのが分りましたので。面目次第もございませんや、わっしらが尾行していることを承知して、あの無人の屋敷に惹き付け、わっしらの油断を見澄ましてか、裏口を通ったか、どこぞに抜け出やがった。なんとも無様な話にございますよ。駿太郎さんが九道橋で初陣を飾ったというのに、わっしらがこのざまだ」

秀次が嘆いた。

「で、次の晩も小袋町の屋敷に出かけられたか」

「ええ、どう考えてもあの動きは思い付きではねえ。なにかあるとあのような手をしばしば使っていると見ましたのでね」

「町方の手に余ることになったな」

「そこなんでございますよ。武家と分ればわっしらも手を退《ひ》かなきゃならねえ。だが、なんとなく旗本御家人とも思えないのでね、つい深追いすることになった」

「それは難儀であったな」

「ほら蔵さんの顔も浮かびましたしね、意地でございますよ。深夜の八つ半、あやつらが外から戻ってきましたので。わっしらはね、神田川土手に先回りしました。いいえ、すでに日中に神田川の土手にこんもりとした樫やら櫟《くぬぎ》の小さな林があるのに目をつけておりましてね、そちらに回ってみると、案の定、三つの人影が土手下に止めた船に乗り込んで上流へと向いましたので。で、うちも舟を神田川に止めておいたので、今朝の未明はやつらのあとをさらに追うことが出来ました」

「どこに消えましたな」

「御堀と江戸川の分流、どんどんの手前で船を止めた連中が向った先は、水戸様のお屋敷の子《ね》の方角に、神田上水白堀をはさんで牛天神の門前にある武家屋敷にございましてな、明け方をふたたび待ってあの界隈で聞き込みを致しましたが、えらく訝しいことでございますよ。御城と関わりがあると分りましたが、なにをなさっているのか、名前がなにか全く隣り近所の武家屋敷も知らないそうでございましてな、まずはここまで赤目様にお知らせして、そのあとのことは相談申し上げたほうがよかろうと考えたのでございますよ」

「秀次親分、十分な働きじゃ。これ以上、町方が首を突っ込むとどこから文句が出てくるやもしれぬ」

と応じた小籐次はしばし思案した。

「親分、この一件は忘れてくれぬか」

「承知致しました」

「この借りはいずれなんらかのかたちで返す」

「そのようなことはどうでもようございます」

小籐次は話題を変えた。

「親分、酔いどれ大明神の願かけ信心は未だ続いておるか」

「それでございますよ。このところ芝界隈には赤目様の姿がないにも拘わらず、久慈屋の店先には長い行列ができておりましてな、久慈屋でも諦めたとみえて、研ぎ場を設けて座布団を敷いてございますとな、お賽銭が次々に上がるのだそうでございますよ」

「困ったな。身動きがつかぬぞ、空蔵さんや」

と小籐次が空蔵に話しかけると、

「わっしもね、これ以上この騒ぎが続くとおまんまの食い上げだ。店になんぞ読売のネタを一つ二つ提供せぬと首が飛ぶ」

と空蔵も嘆息した。

「よし、空蔵さんや、そなたはいったん読売屋に戻りなされ」

「手ぶらでか。そりゃ、おれも帰り難いやな、土産もなしだもの」

「あるではないか」

「なにが」

空蔵が小籐次を睨むと、小籐次が自分の顔を指で差した。

「酔いどれ大明神などなんのご利益もないと、好き放題に書けばよい」

「評判が落ちるんだぜ」

「かまわぬ。それがしが望んだことではないわ。それに寺社方から町奉行の筒井様に強いお達しが来ておる。酔いどれ小籐次は祭神ではなし、賽銭を上げても無駄なことと書けばよい」

「ほう、その手があったか。赤目小籐次に願かけのご利益なしと、勝手次第に書いていいのだな」

「よい」

空蔵が腕組して考え込んだ。

「難波橋の親分が追った連中のことはどうするよ」

「こっちは然るべき時節まで書くのは止めておけ。それがそなたのためだ」

「だよな、なんとなく不気味だものな。親分はそう感じなかったか」

「空蔵さんの言うとおりだ。あやつら、正体が知れないこともあるが、なんだか不気味じゃな」

「よし、手持ちのネタとわっしの頭で考えた酔いどれ大明神、功徳なしの話をでっち上げるか。となれば、おりゃ、これから店に戻る」

「待て」

と小籐次が空蔵に願った。

「いいか、夜など一人でふらふらするでないぞ」

と念を押した。

「分っているって」

と空蔵が答えたのに頷いた小籐次は、

「おりょう様、それがしも出かけて参る」

とおりょうに外出の仕度を願った。

「長屋に戻るのか」

「秀次親分が手を焼いた一件を放置もできまい」

「おお、未だやる気だな」

空蔵が商売けを出し、秀次がいささか申し訳ないという顔をして首肯した。

「ならば三人一緒にわっしが乗ってきた猪牙《ちょき》で江戸に戻りますかえ」

秀次が言い、秀次が乗ってきた猪牙舟に小籐次と空蔵が同乗していくことになった。

仕度が出来た小籐次が駿太郎に、

「駿太郎、望外川荘の長はそなたじゃ。母上に危害を加えるような者もおるまいと思うが、留守は頼んだぞ」

と命じて、男三人で船着場に向おうとした。おりょうが、

「行ってらっしゃいまし」

と小籐次を送り出し、

「芽柳派の集いは明後日です」

と言い足した。

（そうだ、おりょうにも気がかりがあったな）

と思いつつ、

「出来るだけ早く望外川荘に戻る」

と言い残した。


半刻後、小籐次の姿は御筋違御門《おすじかいごもん》、里人が八辻原と呼ぶところにあった。

丹波篠山《ささやま》藩青山家江戸藩邸に老中の密偵として働くおしんと中田新八を訪ねようとしていた。

「おや、赤目小籐次様、近頃は酔いどれ大明神にお成りになったとか、忙しゅうございますな」

と顔見知りの門番が小籐次を迎えた。

「それがし、その騒ぎで研ぎ仕事は出来ぬわ、寺社方には叱られるわ、散々な目に遭うておる」

と苦虫を嚙み潰した顔で答えるところに、

「あら、赤目様、なんとなくお出でになるのではとお待ちしておりましたよ」

と老中の女密偵のおしんが、どこからともなく姿を見せて話しかけた。

「いささか知恵を借りたくてな、かくお伺いいたした」

「中田様も無聊《ぶりょう》を持て余して、最前まで弓の稽古をしておられました」

おしんが御用部屋へと小籐次を連れていった。

おしんと新八に対面して小籐次は、酔いどれ大明神の騒ぎを始めから語り聞かせた。

最初こそ笑みの顔で聞いていたおしんと新八が途中から顔を引き締め、険しくなった。

「めでたい話かと思うたら、さようなことが出来《しゅったい》しておりましたか」

「考えてみれば、酔いどれ大明神というて手を合わせているうちはよい。だが、研ぎ場に大勢の人間が押しかけ、賽銭を次々に投げ込み、一日で何両も数えるとなると、寺社方から町方に文句がいっても不思議はない」

「中田新八どの、至極当然な話にござる。されどこの騒ぎの背後に仕掛けた人間がいて、その者の正体も知れず、なにゆえかような騒ぎを引き起こすか分らぬとなると、それがしも安閑としておられぬ」

「で、ございましょうな」

「難波橋の親分が探り出してきた水戸藩邸裏の屋敷のことじゃが、まずこの屋敷の主を調べるのが先決にござろう」

と小籐次が応じ、

「御城勤めと分ったからには、もはや町方は手を出せぬ」

「新八様、その者のことお聞きになったことがございますか」

おしんが同僚の新八に聞いた。

「まさか、過日騒ぎを起こした元旗本阿波津《あわづ》光太夫芳直の所縁《ゆかり》の者ではございますまいな。あやつら一族が身を潜めていた地下を具えた屋敷は御弓町《おゆみちょう》でありました。こたびの牛天神は水戸藩邸を挟んで西と東、さほど遠くはございませんからな」

と新八が質した。

小籐次もおしんも不意を突かれたように考え込んだ。先に口を開いたのは小籐次だった。

「たしかに阿波津光太夫があのような隠れ屋敷を一軒設けておったとなれば、二軒目、三軒目があったとしても不思議はない。だが、あの騒ぎからさほど日にちは経っておらぬ。それにそれがしが斬り落としたあの者の左腕の傷も癒えておるまい。阿波津の復讐とも思えぬのだがな」

「私も赤目様のお考えに同調致します。話を聞くだにこたびの一件、いささか風合いを異にしているように思えます」

「ご両者、それがしとてそう思うておるわけではない。余りにも屋敷が近いゆえ、そう考えたまでだ。牛天神近くの屋敷は御城勤めの者の拝領屋敷と分っておる以上、阿波津の仕業ではなかろう。どうするな、おしんさん」

「他ならぬ赤目小籐次様のお頼みです。過日の騒ぎで幕府は法馬金《ほうまきん》三百貫余を、赤目様のお蔭で棚から牡丹餅《ぼたもち》のように頂戴致しました。私どもがこたびは汗をかく番でございます」

「ならばまず牛天神近くの屋敷を確かめに参ろうか」

「それがしも同道いたそうか」

と小籐次が二人に質した。

「ただ今のところ赤目様のご出馬は早うございましょう。どうですか、新八様」

おしんの問いに新八が考え、頷いた。

そんなわけで新八とおしん、そして小籐次は八辻原で左右に別れた。

三

翌日のことだ。空蔵が書いた読売が江戸じゅうで売り出され、

「酔いどれ小籐次大明神の願かけ研ぎ、始まる！」

と大見出しにあった。その文面によると、

「予《かね》てより江戸に大流行の酔いどれ様こと赤目小籐次への願かけ信仰は、行列が往来、お店などに迷惑千万。御用の筋と相談の上に、芝口橋北詰めにて、一人一本の刃物を持参されれば、その研ぎ料として五十文を申し受けます。されど道具一本につき研ぎにかかる刻限は、およそ四半刻にござれば行列の儀は固くお断わりし、また投げ賽銭の類は固く禁じます。なお赤目小籐次曰く、『酔いどれ小籐次に願かけしたところで一切功徳はござらぬ。ゆえに五十文はあくまで研ぎ代に御座候』とのこと。念のためにこれまでの賽銭に加え、この研ぎ代五十文全額をお上の御救小屋の費えに寄進することに決めたりとか。以後、宜しくお願い申し候」

とのことだった。

空蔵はこの読売を書くにあたり南町奉行所に届けを出し、町奉行所は寺社方と相談の上、空蔵に許しを与えていた。

観右衛門がこの読売を懐に望外川荘を訪ねてきて、小籐次とおりょうに見せた。

「ほほう、空蔵、考えおったな。研ぎ料がそれがしの拝み料か。行列もならず、投げ賽銭も禁ずるとあっては、まず酔いどれ大明神の流行も急速に廃《すた》ろうな」

「はて、どうでございましょうか」

小籐次の言葉におりょうが首を捻った。

「おりょう様はこの読売の効き目はないと申されますか」

「いえ、それなりの効き目はございましょうが明日が十七日にございます。今日の明日ではこの読売が江戸じゅうに知れ渡りますかどうか」

「空蔵さんの話ではなかなかの売れ行きと評判にございますそうな。当人は手応えを感じておるようでございましてな」

観右衛門の言葉に小籐次は考え込んだ。

(この騒ぎを仕掛けた人物がどう動くか)

ということに思い当たったからだ。問題はそこだと思った。

「おりょう様、明日はこちらで芽柳派の集いでもあったな」

「亭主どの、こちらのことは案じなさいますな。もはやうちでは騒ぎなど起こりますまい」

おりょうが小籐次に心配を掛けまいとそう言ったのは明白だった。

「えっ、歌会で騒ぎがございましたか」

そのことを知らぬ観右衛門が驚きの顔をして尋ねたので、小籐次が簡単にその経緯を説明した。

「ほうほう、芽柳派の集いで二人の門弟衆がさようなことをな。まあ、考えてみますれば、師匠は江戸で評判の美形のおりょう様、門弟衆の大半は男衆にございますな。騒ぎが起こって不思議はございませんな」

と観右衛門が言い、

「騒ぎの因は私にございますか」

「私はそう睨みました」

「困りました」

おりょうは観右衛門の指摘をなんとなく推量していた体で考え込んだ。

「おりょう様、こちらもまた直ぐに効き目はあるとは思えぬがどうだな、少し女衆の門弟を芽柳派に加えては」

と小籐次が提案した。

「そのことに気づきませんでした。さあて、女の入門者を集めるにはどうしたものか。いえ、その前にもはや集いは満席にございます」

「女の門弟を集めるために、こちらも空蔵の知恵を借りるしかあるまい。門弟衆が増えすぎなれば、一の組、二の組に分けて日替わりで歌会を催すのじゃな」

おりょうは小籐次の言葉を聞いて考えていたが、

「思案してみます」

と答えた。


次の朝、小籐次は駿太郎に望外川荘の平穏を守るように願って、須崎村を出た。むろん芝口橋際で研ぎ場を設けるためだ。

秋の空には鈍色《にびいろ》の雲が広がっていた。千代田城の横手に見えるはずの富士山の姿も雲に隠れていた。

小籐次は流れに小舟を乗せてゆっくりと下っていった。気がかりなのは、このところあれこれと振り回されておりょうの「危惧」について話し合う機会がなかったことだ。

本日、望外川荘に帰ったら必ず話し合おうと小籐次は心に誓った。

芝口橋に到着したとき、久慈屋では奉公人が総出で店を開いて掃除をしていた。船着場には久慈屋の荷運び頭の喜多造がいて、数人の配下といっしょに荷船を点検していた。久慈屋が店を開く前に必ず行う習わしだった。

小籐次が小舟を着けたのにも気が付かない様子の喜多造が、

「くそっ、船の中にも銭が何枚か投げ込まれておるぞ。それ以上に握りめしを包んだ竹皮なんぞがある。だんだんと酔いどれ大明神の信徒の行儀が悪くなっていきやがるな」

と吐き捨てる声がした。

「すまぬ、喜多造さんや」

小籐次の声に御堀を振り返った喜多造が、

「なにも赤目様のせいじゃございませんよ」

と応じた。

「それがしも掃除を手伝うでな」

船着場のいつもの舫い場所に小舟をつなぎ、研ぎ道具を船着場に上げた小籐次は小舟から飛び上がり、道具を抱えて研ぎ場に向おうとすると、

「おはようございます」

と手代の国三が、小籐次から研ぎ道具の入った洗い桶を両手で受け取った。

「国三さん、いつもすまぬな」

「研ぎ場は空蔵さんが読売に書いた橋詰めに一応設けてございますが、それでよ

ろしいのですか。大番頭さんは昼過ぎから雨が降るのではと案じておられます」

「雨が降れば研ぎ仕事は終わるばかりだ。橋詰めでよい」

すでに蓆の上に座布団が敷かれて研ぎ場が設えられていた。そこへ国三が洗い桶を据え、小籐次は各種の砥石を並べて仕事の仕度をした。その間に国三は久慈屋の裏庭の井戸から水を汲んできて、洗い桶に七分どおりに注いでくれた。

「赤目様、読売の効き目がありますかね」

国三の言葉に小籐次は往来を見渡した。

芝口橋は日本橋から芝の大木戸に向う東海道の一部だ。江戸の中でもいちばんの目抜き通り、ふだんから人出が多い場所だった。だが、この朝に限って人の往来はいつもより少ないように見えた。また、両手を合わせる者もなく賽銭も飛んでくるようなことはなかった。

「空蔵の知恵が効を奏したようだな」

小籐次の安堵の声に、国三は直ぐには答えなかった。小籐次が念を押すように質した。

「そうは考えぬか」

「昨日までの騒ぎが嘘のようでございます。私は却ってそれが不気味で、それだけに信じることができません」

と国三が言った。

「もはや酔いどれ大明神は廃業だ。研ぎ屋の爺が改めて仕事を始める。宜しくな」

小籐次が応えるところに、観右衛門が盆に茶碗を載せて姿を見せた。

「大番頭さん、自ら茶を供してくれるか。恐縮至極にござる」

「酔いどれ小籐次様が研ぎ屋に戻った日にございますでな、お清めです」

とわけの分らぬ言葉で応じた観右衛門の差し出す茶碗を受け取った小籐次が、

「うむ」

と茶碗から漂う香りを嗅ぎ、観右衛門を見た。

「赤目様、こちらで身を清めて下され。下り酒の新酒にございますよ」

と観右衛門が言い、

「昨日までこの界隈を騒がせたそれがしじゃ。朝の仕事前から酒など口にしてよいものか」

「ただの酒ではございません。お神酒にございます」

「ならば頂戴しよう」

小籐次は、茶碗の酒の香りを楽しみ、口に含んで舌先で転がし、喉に落とした。

「よし、これで新たに出直しじゃ。大番頭さん、酒代の代わりに久慈屋の道具を研ごう。国三さんや、研ぎの要る道具を持ってきてくれぬか」

と願った。

小籐次は気持ちを改め、研ぎ仕事を始めた。何日も研ぎ仕事をしていなかった。ために新鮮な気持ちで砥石に向うことができた。研ぎに集中しておれば小籐次の周りになにがあろうと、ただ一心に刃物を砥石の上で滑らせ、ゆったりと手元に引き寄せた。その繰り返しの手順には、長年の研ぎ仕事で培ってきた赤目小籐次独特の律動があった。

しゅっしゅーぅしゅっしゅーぅ
と音だけが芝口橋の橋詰めに響き、小籐次は作業に集中した。

砥石を替えながら、一本目の仕事を終えた。

洗い桶で研ぎ上がった道具の刃を洗った。桶の縁に立てた風車がゆっくりと回っていた。

「よし」

と最初の研ぎに満足した小籐次の前に、

にゅっ
と人影が立った。そして、若い女がしゃがむと出刃包丁を差し出した。

「うむ」

と小籐次が女客を見た。

手拭いをふきながしにかぶり、その端を口に咥《くわ》えた女が出刃包丁を小籐次の前にさらに突き出した。

「これ、人に刃物を渡す折は切っ先を相手に向けてはならぬ。柄のほうから差し出すのが礼儀じゃぞ」

と言ったが若い女はなにも答えず、刃物とは別の手に持っていた五十文を小籐次の膝の前に放り出した。

「困ったのう」

小籐次が橋を見ると、男が布で包んだ刃物らしきものを手に立っていた。そして、その背後に三間ほど離れて別の男が立っていた。行列を禁じられたゆえに間を空けたのか。

「どれ、出刃をかしてみよ。ほう、だいぶ使い込んだな。よし、読売にああ書かれては断わるわけにもいくまい。研がせて頂こう」

と受け取った小籐次ががたついた柄の出刃包丁を見ると、刃が何か所も欠けていた。手入れもされず長年使われていた包丁は、なにか調理とは別の用途に使用されていたもののようだ。

「これを本来の出刃に研ぎ直せというか。致し方ないな、やってみよう」

小籐次は錆びた刃を水に濡らし、粗砥《あらと》でさび落としを始めた。すると女が小籐次の前にしゃがんだまま両手を合わせた。

「それがしはもはや酔いどれ大明神は廃業したのじゃ。いや、そういうてはそれがしが大明神を名乗ったようだな。ともかくじゃ、手を合わせることを止めてくれぬか。研ぎ仕事に差し障りがあるでな」

と願ったが女は手を合わせ、口の中でなにごとか願いごとをしていた。

「空蔵の知恵、足りぬわ」

と独りごとを漏らした小籐次は、女を無視して出刃包丁の手入れを続けた。柄のすげ替えを加えておよそ半刻かかった。

「ほれ、出刃包丁としてはいささか細身になったが、切れ味は元の新品の折に戻っておる。試してみるか」

女は黙って研ぎ上がった出刃包丁を手に立ち上がった。すると最前から橋の上で待っていた男が道中差を無言で差し出し、五十文を小籐次の前にばらばらと撒くように投げた。

「前よりひどくなったではないか」

無言の男は小籐次に向って柏手を打った。すると橋上やら対岸からその柏手に合わせる者が現れた。

「そなたの信仰心が勝つか、それがしの意思が勝るか。ここは我慢くらべじゃな」

と呟いた小籐次は道中差を抜いてみた。

道中差は、武士の脇差と思えばよい。道中の護身のための二尺以下の、精々一尺四、五寸の刀であったが、時代が下がるにつれて道中の路銀隠しに使われたりした。だが、男が差し出した道中差は本来の道具ながら、鈍ら刀《なまくら》であった。

「これを研げと申すか」

うんざりとした小籐次の言葉に男はなにも答えない。

「相分った。じゃがな、いくら丁寧に研いだところで、鈍ら刀の切れ味がよくなるわけではないぞ」

小籐次は自らに言い訳して道中差の研ぎを始めた。

昼前に四人が持ち込んだ刃物を研いで二百文を得た。

「橋上の面々に申す。赤目小籐次も人の子、腹も立てば腹も空く。ここで昼餉を食するでな、そなたらもこの界隈の研ぎ屋に持参の刃物を持ち込んで、早々に家に戻りなされ」

と宣告して、研ぎ道具をいったん久慈屋の店土間に移した。

久慈屋には難波橋の秀次親分と読売屋の空蔵がいて、小籐次が手を休めるのを待っていた。

「赤目様、わっしの思い違いだ。こりゃ、この話、わっしらが考える以上に奥が深いぜ」

「空蔵さんや、そなたはそれで済む。研ぎ仕事の前で拝み続けられるそれがしの身になってみよ」

「気色が悪いやな」

空蔵もお手上げという顔で言った。

「まあ、奥に入りませんかな。ああして、店の前で赤目様のお姿を遠目に拝んでおられるご仁もおりますでな」

観右衛門が三人を台所の板の間に連れていった。そこでは久慈屋の奉公人が交代で昼餉を食していた。

「ご苦労に存じました」

　奉公人らが小籐次に同情の体で言った。

「この様子ですと、当分赤目様の研ぎはあの面々に独占されて、うちの道具を研ぐどころではございませんな」

　観右衛門が話の再開の口火を切った。

「いや、この有様では、それがし、気が違うかもしれぬ」

　小籐次の言葉に三人が頷いた。

「空蔵さんの読売が赤目小籐次様、いえ、酔いどれ大明神を公認してしまったようですな。刃物を研いで五十文、昼前に二百文の上がりでは半人前の職人の稼ぎにもなりません」

「上がりはどうせ御救小屋に回すのですから、赤目様の懐には関わりがないともいえる」

「親分、されどこの騒ぎが続けばわが生計《たつき》が立たぬぞ」

「なんとか新たな手を打たねばなりませんな」

　と応じた秀次親分だが、思案があるわけではなさそうだった。

「研ぎ仕事は当分廃業かね」

と空蔵が思わず呟いた。

「ようもそのようなことを言われるな。それがしには駿太郎もいればおりょう様も養わねばならぬ。それにクロスケだって、一人前に食するぞ」

「だからさ、ほら蔵が思案の最中なんだよ」

と空蔵がおのれの頭を拳で叩いたとき、

「まあ、腹が減っては戦もできめえ、赤目様、茸《きのこ》たっぷりのうどんをよ、食して気分を変えるだね」

久慈屋の女中頭のおまつが、四人の前に次々にお膳を運んできた。傍らには海苔の代わりに青菜で包んだ握り飯も添えられてあった。

「これはうまそうな」

おまつは江戸生まれだが、職人の彪吉《とらきち》と所帯を持って、久慈屋の住み込みから通いに変わっていた。亭主が在所の生まれゆえ、時に亭主の訛りで話すこともあった。

「おまつさん、有難い」

小籐次はおまつら女衆の心尽しの昼餉で気分を変えた。昼餉を馳走になった秀

次は、

「この様子をうちの旦那に報告しておきます」

南町奉行所を訪ねると言って久慈屋から消えた。

「赤目様、こいつは根っこを絶つしか収まりがつきそうにない。その間よ、研ぎ仕事はしばらく休んだらどうだ」

空蔵が小籐次に話しかけた。

「そなたが天下に約定したのだ。それがしが休むと、読売が虚言を弄したことにはならぬか」

「あの様子じゃ、そうも言っておれまい」

空蔵が小籐次を説得するように言った。

「ともあれ、本日の研ぎは夕刻まで続けるしかない。それから今後のことは考えよう」

「ならばわっしもいったん店に戻って思案をし直す」

空蔵も久慈屋から姿を消し、小籐次は国三といっしょにふたたび研ぎ道具を芝口橋の袂に移した。

「赤目様、驚かないで下さいよ。昼前より多くの人が点々と待っていますよ」

と国三が囁いて、御堀の向こう岸を見た。
「もはやなにが起こっても驚きはせぬ。ただ時が過ぎるのを待つだけだ」
小籐次は、この行列の大半が酔いどれ大明神のご利益を心から信じて求めている善意の人々なのだ、と思うことにした。
「赤目様に言うのは失礼千万ですが、かような時、つい上手の手から水がこぼれて研いでいる刃物で怪我をするようなことが起こります」
国三の注意の言葉に、
はっ
として小籐次は、捨て鉢な気持ちを切り替えた。

四

小籐次はひたすら無言で、願う人々の刃物を研ぎ続けていた。

小刀、包丁、職人が使う刃物、さらには守り刀、懐剣、鋏の類もあった。研ぎの出来いかんは彼らにとってどうでもいいことだった。

小籐次の前で拝礼する刻限が重要なのだ。それだけに小籐次は研ぎが疎《おろそ》かにならぬように手入れをしていた。

昼餉のあと、八つ半時分に短い休息を芝口橋北詰めの研ぎ場でとった。

国三が茶を運んできたのだ。

その間にも蓬髪の女が小刀の研ぎを願い、一心不乱に両手を合わせて口の中でもごもごと言っていたが、国三は、

「ご免なさいな。赤目様も少し手を休めねば研ぎは出来ませんからね」

と女に願った。だが、言葉が聞こえているのかいないのかなんの反応もなかった。

「それにしてもこの騒ぎいつまで繰り返されるのでございましょうか」

「分らぬ」

と毎度の文句を小籐次と国三は言い合った。

小籐次には、研ぎを願う人々の行列が明らかにだれかによって調整されていると思われた。研ぎを願う人々すべてが、謎の仕掛け人からの命を受けているとは思えなかった。だが、これらのうち、何人かに一人はその者と関わりがあると思えたのだ。それがどのような意味を持つ者か。

「国三さんや、茶を馳走になった」

と飲み干した茶碗を国三に返し、研ぎを再開した。

蓬髪の女の小刀を終えると、竹職人と思える手の男が竹ひごを造るために削る小刀を持参した。その研ぎを終え、老婆が菜切包丁を差し出した。

「まだ新しい包丁ではないか。これを研げというか」

小籐次の問いに老婆が無言で頷き、手を合わせた。

（あと一人か二人）

で今日の店仕舞いをしようと思った。その気配を察した国三が、刃物を持って研ぎを願う行列の人に、

「本日は終わりですよ」

と告知するため、橋の南詰めに待つ武家に伝えに行こうとした。

老婆の研ぎを早々に終えると、間もおかずに若い女が守り刀を持って差し出した。十七、八であろう。

錦の古裂《ふるぎれ》で誂《あつら》えられた袋はなかなかの品だった、ということはこの娘の持ち物ではない。娘の主の命で研ぎを、いや、「代参」にきたものか。

この刻限からそれなりの身分の女性の持ち物を研ぐとなると、一刻では済むまい、と思った小籐次は、

「明日に回せぬか。あるいは今晩預からせてくれぬか。かような品は時をかけて研ぎ上げたいのだ」

と願ってみた。

しかし武家方の行儀見習いの女中と思える若い女は、険のある顔を無表情にして瞑目した。

（致し方ない）

小籐次は錦の裂の守り刀の組紐を解き始めた。

紅染と思われる絹糸の組紐を丁寧にほどくと、袋から守り刀を取り出した。漆塗りに螺鈿《らでん》細工を施した拵《こしら》えも見事な、時代がかった一品であった。

おそらく作刀した者も名のある刀鍛冶であろう。

「拝見してよいか」

お女中は瞑目したまま答えない。

小籐次は袋から守り刀を出すと、すいっ、と刃を抜いた。

「これはこれは」

と小籐次は思わず声を発した。

名のある刀鍛冶が作刀したものとは推量していたが、刃長九寸一分（二十八センチ）ほどの守り刀には龍の彫りが表裏にあり、南北朝中期の山城国《やましろのくに》の名工が手がけたものと小籐次は推測した。大名道具の類だった。

小籐次は思わず見入った。

「ここまでの逸品とは」

研ぎ師として欲望が出てきた。だが、路上で研ぐ道具ではない。

小籐次はそう思いつつも、龍紋に梵字《ぼんじ》が彫刻された刃に見惚れていた。

うむ

と突然思い至った。

見事に逸品は手入れがなされていた。これ以上の研ぎはこの刀に見合う刀研ぎ師が行うべきでないか。研ぎ師稼業とはいえ、分は心得ていた。使い込まれた出刃包丁から職人の道具まで、あれこれと注文のままに手入れする小籐次の仕事ではない。

（断わろう）

と思いつつも、小籐次はこの見事な短刀から目を離さないでいた。これまで小籐次が出会った刃物の中で三指の一つに入る逸品だった。

と同時に小籐次の脳裏に、修羅場を潜り抜けてきた武人の勘がなにかを訴えた。

合掌していた若いお女中の片手が、背の帯の結び目に回っていた。もう一方の手は小籐次の片手拝みに保たれていた。

（なにをしようというのか）

次の瞬間、小籐次は女が伏せていた顔を上げ、両眼を見開いているのを見た。その眼差しに殺気があった。凄味のある美形に狂気が漂っていた。

「そ、そなたは」

小籐次の眼の端で女の後ろ帯の結び目に回された手が動き、

きらり

と刃が煌めいたのを見た。

小籐次の両手に未だ守り刀の短刀と鞘《さや》があった。だが、この短刀は使えないと咄嗟《とっさ》に思った。客からの預かり物という考えが頭の隅にあったからだ。

小籐次は胡坐を搔いていた姿勢から短刀を持ったまま、いきなり弾みをつけて後ろへと転がった。

小籐次の背後は御堀の流れだ。

女が突き出した刃の切っ先が小籐次の足を掠めたが、小籐次の体はすでに流れの上、虚空《こくう》にあり、背中から流れに落下しつつあった。それが小籐次の命を救った。

橋のあちらこちらから悲鳴が上がった。

どぼん！

と水音を立てていた。

水中に落ちる前に国三の声が小籐次の耳に届いた。

「な、なにをするんです！」

小籐次は水中で身を転じると下流に向って泳ぎ、久慈屋の船着場の杭を楯にして顔を上げた。

「だ、大丈夫かえ、酔いどれ様」

久慈屋の荷運びの人足の一人が小籐次に声をかけた。小籐次は立ち泳ぎをしながら守り刀と鞘を船頭に渡し、

「国三さん、女に気をつけよ」

芝口橋の北詰めに設けられた研ぎ場に茫然と立つ手代に注意した。

「赤目様、とっくに女の客はいませんよ」

国三が我に返って小籐次に応じた。

小籐次は久慈屋の奉公人らの手によって、船着場に引っ張り上げられた。

ずぶ濡れになった小籐次のもとへ観右衛門が駆けつけてきた。

「お、お怪我はありませんか」

「水に落ちたゆえ怪我はない。じゃが、もはや時節は秋じゃ、水浴するにはちと寒いな」

「赤目様、この足で町内の湯屋に行かれませんか。着替えなどはあとで国三に届けさせますでな」

観右衛門が小籐次に言い足した。

「研ぎ場もこちらで片付けます」

「大番頭さん、女から預かった短刀じゃが、清水で洗って軽く拭いておいてくれぬか。鞘に戻さぬともよい。それがしが湯屋から戻ったあと、手入れを致すでな」

「そんなことよりまず湯屋に」

観右衛門に命じられて小籐次は金六町にある湯屋の釜場に裏口から入り、馴染みの釜焚きに願って濡れた衣服を釜場で脱ぐと、湯屋の釜焚きらが風呂場に出入りする狭い出入口から入り込んだ。柘榴口を出ると掛かり湯をかぶり、ようやく湯船に浸かって、

ほっ
と一息ついた。

「なんという娘か」

と呟いた小籐次に、

「とんだ災難でしたね」

と声がして、難波橋の秀次親分が裸で柘榴口から現れた。

もはや仕舞い湯だ。仕事帰りの職人が二人ばかりいるだけだ。

「親分か、えらい目に遭った」

「まさか若い娘がどえらいことをしでかすなんて、魂消ましたぜ」

「つい娘が差し出した短刀の見事な出来に目がいってな、油断した」

「いえ、話を国三さんから聞いたが、酔いどれ小籐次様でなければできる芸当じゃない。手には刃物を持っておられたのだ。並の者ならばそいつで応戦しようと考えましょうな」

「その道を選んだとしたら、赤目小籐次は湯屋で親分と話なんぞしておられなかったぞ。今頃三途の川を渡っていたな」

「娘も驚きましたぜ。まさか後ろ向きに御堀に飛び落ちるなんて、努々《ゆめゆめ》考えもしませんでしょうからな」

「親分はあの場を見ていなかったのか」

「久慈屋に赤目様を訪ねようとしていたところですよ。橋付近で上がった悲鳴や驚きの声に駆けつけたときには、酔いどれ様は御堀の中、わっしは銀太郎らに娘を追わせたのですがね、夕暮れ時だ、うまく突き止めてくれるかどうか」

と秀次が応じて、

「あの娘、知り合いではありませんよね。その昔、どこぞの女子に生ませた実の娘なんて話は」

と念を押した。

「親分、ないない。さような甲斐性があるものか。あの娘、十七、八くらいか。それがしは親分も承知のように豊後森藩下屋敷の厩番《うまやばん》、俸給とて女中以下のものが払われたり払われなかったり、そんな懐具合で顔はこのもくず蟹を押しつぶした面だ。女子に子を産ませる力量はない」

と否定し、

「初めての娘だ。なかなかの美形じゃが、いささか物のけに憑《つ》かれた眼差しであったな」

「そりゃそうでしょうよ。天下の赤目小籐次様を娘の分際で殺そうという話ですからな」

「ともかく肝を冷やした。まあ、御堀に落ちたので怪我もなく、興奮も水の冷たさで覚めた」

「そんな呑気を言っている場合じゃございませんぜ。願かけ研ぎ騒ぎは、この娘の行状が狙いだったのでございますかな」

「さあてそこだ。最前から考えておるがどうもな」

「考えが定まりませぬか」

「娘がそれがしを狙うにしてはいささか道具立てが大仰ではないか」

「いえ、天下の赤目小籐次様を仕留めるにはそれだけの道具立てでなければ、叶わないということですよ。それが証にあの娘、しくじりやがった」

「親分は全く姿を見ておらぬのか」

「遠目にちらりとね、だが、その時はなにが起こったのか知ることが先で、娘を捕まえようなんて頭が回りませんでしたよ。だが、銀太郎がわっしより騒ぎを見ていたらしく、『わっしらが娘のあとをつけます』と言い残して人混みに紛れ込もうとする娘のあとを追いかけていきましたんで。ありゃ、武家方の行儀見習いですかね」

「それがしもそう睨んだ。なにしろ研ぎに願った女ものの守り刀が逸品だ。あれは大名の姫様がお輿入《こしい》れの際に持たされる類のものであった」

「そいつはどこにございますので」

「久慈屋に預けておる。なにしろ御堀で水に浸かったでな、大番頭さんに命じられた湯に、あの足できた」

「大名道具の短刀を失くしたわ、赤目小籐次様を殺《あや》めようとしたが失敗したわでは、屋敷に戻って叱られましょうな」

「そこまで考えが回らなかった。娘に山城国の名工が鍛えた守り刀をもどす余裕などなかったでな」

「あの女、赤目様を殺そうとした娘ですぜ。そんな憐憫《れんびん》をかけることもありませんや」

と答えた秀次が、

「願かけ研ぎに便乗した殺しと思われますので」

と改めて質した。

「そこが考えもつかぬのだ。話がややこしくなっただけで、願かけ研ぎの背後に仕掛け人が潜んでいるのかどうかも判然としないな」

小籐次は応えながら、中田新八とおしんからなんの連絡もないな、と考えていた。

「赤目様、着替えを持ってきましたよ。大番頭さんが験直しに一献どうですと聞いておられます」

「国三さんや、気持ちはありがたいが本日は須崎村で芽柳派の集いがあったのだ。先日、騒ぎがあったばかりゆえ、今宵は失礼すると答えてくれぬか」

「分りました」

と答えた国三が、

「女が研ぎを頼んだ短刀、どう致しますか」

「それがしが預かっていき、今宵手入れを致そう。御堀の水を被っておるからな」

「ならば濡れた衣類といっしょに、小舟に研ぎ道具など積み込んでおきます」

と答えた国三が脱衣場から気配を消した。

「赤目様、多事多難でございますな」

「貧乏暇なしとはかようなことか」

「研ぎ代は御救小屋の費えで赤目様の懐には一文も入りません。なんともお気の毒なことです」

と秀次が同情して、

「そろそろ娘のあとをつけた銀太郎が戻ってくる頃合いです。わっしは家にいったん戻り、なんぞ急ぎの知らせがあれば須崎村に伺います」

と今後の動きを小籐次にこう告げた。

四半刻後、小籐次は築地川から宵闇の江戸の内海の岸辺伝いに、大川河口を目指していた。

小舟には、娘が残していった古裂の袋と漆塗り螺鈿細工の守り刀が載っていた。小籐次が望外川荘で手入れをするために持ち帰るのだ。研ぎ道具のほかに、久慈屋から貧乏徳利と酒が積み込まれていた。

小籐次は大川河口に入るまで櫓を漕ぐことに専念し、永代橋を目の前にしたところで貧乏徳利の栓を開けて茶碗に注いだ。小舟の艫《とも》に横座りして櫓を片手漕ぎで操り、

「おりょう様のもとへ戻るまで待ちきれぬわ。本日は危うく命を失うところであ

ったでな」

と小籐次は独りごとで言い訳しながら、茶碗の酒の香りを嗅ぎ、

「伏見の酒かのう」

と見当をつけると、ごくりごくりと酒を二口で飲みほした。

「美味い」

と言った小籐次は、また櫓に専念した。

湯につかり、酒を飲んだせいで秋風が心地よい。

(それにしてもこたびの騒ぎは不可解なことよ)

と小籐次は思った。

なんとなく気持ちがすっきりしないのだ。

そもそも赤目小籐次を拝んだところで願かけが叶うはずもない。そこで空蔵の知恵で研ぎ代に代えて五十文を頂戴し、この代金は御救小屋の費えに回すことを読売で告知した。

五十文はあくまで研ぎ代であって、願かけの賽銭ではない、ゆえに酔いどれ大明神などという祭神は存在せぬし、拝んだところで功徳利益はないと、読売で言い切ったにも拘らず、人々は刃物を手に赤目小籐次に研ぎを頼み、その間、手を

合わせたり、念仏ごときものを唱えたりしていた。

その結果、本日の刃傷《にんじょう》騒ぎだ。

どうも得心がいかなかった。

小籐次の小舟を秋の月明かりが青く照らしていた。

須崎村の望外川荘への流れの口に辿りついたとき、湧水池の船着場におりょう、駿太郎、クロスケの三つの影があった。

「待たせたか」

「母上がどうしても父上をお迎えしたいというので、半刻も待っておりましたよ」

「すまぬ。わがほうもあれこれあったでな」

と答えた小籐次が小舟を船着場に着けながら、

「おりょう様の集いは何事もなかったであろうな」

はい、と答えたおりょうが、

「過日、喧嘩を為されたお二人がお見えになりました。その分、門弟衆の数はいつもの半分に減っておりました」

と言い添えた。

「な、なんと」

「続きは家で聞いて下され」

おりょうが願い、クロスケは小籐次が帰ってきたことを喜んでか、月に向ってわんわんと吠えた。

第四章　駿太郎の驚き

一

「父上、髷《まげ》が濡れております」

駿太郎が小籐次に尋ねたのは、望外川荘のいつもより遅い夕餉の膳を前に三人が並んだときのことだ。

「御堀で水浴びをさせられたのだ」

と前置きした小籐次は、奇怪な若い娘の行動を二人に語り聞かせた。

「なんと、研ぎを願った娘が赤目小籐次様を殺めようと企てましたか。どうりで着物が変わっておると思いました」

おりょうが驚きと得心の言葉を吐いた。

「なにしろ持参した守り刀の懐剣が見事な逸品でな、それに気を取られておるそれがしの胸に向って、後ろ帯に隠し持っていた刃を片手で摑んで、突きたてようとした。いや、咄嗟に後ろに飛び下がったで、御堀に落水した」

「それにしても怪我がなくてようございました」

と応じたおりょうが、

「若い娘に見事な守り刀、つい赤目小籐次が油断すると相手は考えたのでしょう。それにしてもだれがなぜかような企てを為して、赤目小籐次を亡き者にしようと考えたのでしょうか」

と疑問を呈した。

「酔いどれ大明神、願かけ研ぎの騒ぎを利用してのことであろうが、目的を負わされた娘の凶行なのかどうなのか、難波橋の秀次親分とも湯屋の湯船で話しあったが分らぬ。まあ、かようなことは日にちが経てばおのずと真相が見えてくるものよ」

と小籐次が応じたところに、あいが燗をした酒を運んできて、

「験直しにお酒で清めて下さい」

と言った。

「ありがたい。それにしてもあれこれと奇妙なことが起こるものよ」

小籐次はあいのお酌で盃の酒を口に含み、喉へと落として、

「五臓六腑に染みわたるとはこのことか、秋の酒は格別に美味いな」

とにっこりした。その上で飲みほした盃をおりょうに渡し、

「芽柳派の集いはやはり過日の喧嘩騒ぎが影響したか」

船着場でおりょうが話しかけた報告のあとを催促した。

その場にあいもなんとなく残った。

「先の集いで口論からつかみ合いになりかけた二人の門弟、六ッ本小三郎様と能年屋与右衛門様が連れだって集いに出てこられ、私と他の門弟衆に深々と頭を下げられました。どうやら騒ぎの折に二人の仲介に入った塩野義佐丞様が集いのあと、二人を屋敷に呼んでこんこんと説諭されたとか」

「ほう、時の氏神どの、なんというたかの、雅号は」

「季庵様にございます」

「そうそう、その季庵様はなかなかの心遣いの人物と思えるな」

小籐次の問いに、おりょうは手にしていた盃の酒をゆっくりと嚥下《えんげ》した。

「苦い酒にございます」

なにやらおりょうは胸に含むことがありそうな表情だった。

「なに、なかなかの酒の味ではないか」

「いえ、酒の味が悪いのではございませぬ。私の気持ちがざらついているせいでございます」

「なぜじゃな。塩野義様のお力添えで仲違いした新入りの門弟二人は和解した。それでよいではないか。それとも二人はまだ騒ぎを起こしそうに思えるか」

小籐次が鬱々としたおりょうに問い質した。

「草燃様と楼外様の口論といい、季庵様の仲裁といい、表面上は実にうまく事が収まったように思えます」

「違うのか、おりょう様」

「このところ口論のことばかりを考えておりました。考えれば考えるほどおかしな気持ちになるのです」

「どういうことか」

「この二人、なぜ口論を為し、つかみ合いの喧嘩まで演じようとしたのか。さらに季庵様の仲裁でその場は収まり、後日には季庵様が二人を改めて屋敷に呼んで説諭なされた。なぜさような心遣いまで使われたのか。季庵様は五、六年前に入られた門弟衆の一人ですが、いささかお人柄が知れぬ人物でございます」

「人は見かけによらぬからな。口論の場を収めただけでは二人の気持ちは鎮まらぬとみて、二人を屋敷に呼んでおりょう様に、芽柳派の集いに迷惑が残らぬように為された。なかなかの気遣いと思えるが」

小籐次の言葉に頷いたおりょうが、手にしていた空の盃を小籐次に戻し、新たにあいが酒を注いだ。

「あまりにも懇切丁寧な始末の付け方がふだんの言動と異なるようでございます。いえ、お顔から心底を窺いしれぬ数少ないお方と申しましょうか」

「気にかかるか。古い門弟ゆえ、おりょう様の手伝いを陰で為したとは考えられぬか」

「門弟衆同士の交友を禁じておるわけではございません。されど芽柳派の集いが始まった折から、歌会の場だけが門弟衆の顔合わせの場と、なんとなく暗黙の取決めというか、ならわしがございました。むろん他の歌会でいっしょになるお方もございましょう。ゆえに付き合いが全くないとは申せません。ですが、うちの歌会はこの場かぎりと思うてきました」

「まあ、女師匠ゆえ気を遣うことは多かろう」

小籐次の言葉に頷いたおりょうが、さらに語を継いだ。

「古い門弟衆になれば歌会の場での会話から、それぞれの人物の身分や住まいや職など推量がつきます。とはいえ、門弟のだれそれはどこに住まいしてどのような暮らしをしておるか、はっきりとは知らぬと私は思うてきました」

「なに、芽柳派に入門した折、姓名、住まい、年齢、歌作の経験など質さなかったのか」

「私宛にそのような諸々は書付にして出してもらいます。されどそのことを把握しておるのは師匠の私だけです、歌会の場での門弟衆は雅号だけの付き合いにございます。それが季庵様は二人を屋敷に呼ばれた」

おりょうの懸念はそこに戻ってきた。

「ふーん、さように気にかかるか」

おりょうは小籐次の問いに小さく頷いた。

「おりょう様、差し出がましゅうございます。ですが、この際でございます。赤目様にお気持ちを正直にお話しなされてはいかがですか」

とあいが言い、駿太郎も大きく首肯した。

「わが亭主どのには願かけ騒ぎが見舞っております。それでつい話しそびれてしまいました」

「それがしもおりょう様の悩みが気になっておったが、こちらの騒ぎに追い回されてじっくりと話し合う機会を失っておった。おりょう様、なにかあれば胸の内を吐き出し、それがしに聞かせてくれぬか」

おりょうは、それでもしばし思案していたが、自らを納得させるように頷き、話を始めた。

「季庵様、楼外様、草燃様の三人、この望外川荘の集い、歌会の外でもそれなりの古い付き合いがあるのではないかと思われます」

「なに、集いの外で交友がある者同士が口論したか」

「その口論もわざと仕組まれたものではないかと、思えるのです」

「さようなことを為すのはなんのためか」

と言いながら小籐次は、北村おりょうの歌人としての名声が江戸で高まり、他派から嫉妬されて意地悪をされたかと思った。となると、

「季庵様が口論に一枚加わっておられるということか」

と小籐次は口にした。

驚いたことに駿太郎もあいもおりょうも三人ともに頷いた。

「待てよ。本日の集いに季庵様は姿を見せたか」

「いえ、それが珍しくも欠席を為されました。このことは文にてお知らせがございましたので承知しておりました」

「ということは文に二人の者を屋敷に呼んだと認めてあったか」

「いえ、楼外様がぽろりと私に漏らされたことにございます」

小籐次はしばし盃を手に考え込んだ。

「願かけ騒ぎといい、こちらの歌会の口論といい、なんの狙いがあってのことか、分らぬことが起こる世の中よ」

との小籐次の呟きにあいが、

「塩野義佐丞様は、おりょう様に懸想なされておられます。ために芽柳派には門弟の数も少なくなり、雰囲気は最悪です」

と早口で言った。

「これ、あい、そのようなことを」

おりょうが注意したが駿太郎までが、

「父上、母上が申されるようにあの人、気味が悪いのです」

と言い添えた。

「ふーむ」

と小籐次が呻いた。

その時、庭の闇の一角に提灯の灯りが浮かんだ。船着場に通じる辺りで訪問者があったことを告げていた。姿を見せたのは難波橋の秀次親分と子分の銀太郎だった。

「赤目様、おりょう様、夕餉時分に邪魔をしましたか」

「いや、それはよい」

おりょうとあいが同時に席を立ち、二人の膳を仕度するつもりで台所に向った。ためにおりょうの話は途中で終わった。

「あの娘の戻った屋敷がおよそ分りました。ただ身分や名前などは分りませんので、お知らせしようかどうか迷いましたが、裏がありそうな話ゆえともかく赤目様のお耳に入れておこうと邪魔をしました」

秀次が言い、そこへあいが急ぎ新たな酒と盃を膳に載せて運んできた。

「ご足労をかけたな」

小籐次が二人に盃を取らせて酒を注いだ。

「頂戴します」

二人が温《ぬる》めの燗酒を飲んだとき、新たな訪問者の気配がして中田新八とおしんの姿が庭に見えた。

「なんと今宵は千客万来じゃな」

あいと駿太郎がおりょうを手伝うつもりで急ぎ座敷を去った。

「赤目様、長いことお待たせ申しました」

と新八が挨拶し、

「ささっ、お上がりなされ。ただ今秀次親分らも参ったところだ」

「先行する舟の灯りはそなたらであったか」

と新八が得心した。

「赤目様、わっしらは遠慮致しましょうか」

秀次が盃を膳に置いた。

「お二方の話は同じものだ。同席されたほうがよかろうと思うがどうだな、中田どの、おしんさん」

「いささかこちらは込み入っております」

「ならば中田様、わっしらは調べただけをお伝えしお暇します」

秀次が改めて遠慮して、銀太郎に話せと目顔で命じた。

「赤目様を殺しかけた娘、人ごみに紛れ、あちらこちらとわっしを引き回した上に、神田明神の北側にあります妻恋坂に面した屋敷に入っていきました」

銀太郎の報告に中田新八とおしんの二人が驚きの顔をした。直ぐにいつもの表情に戻したのを小籐次は気付いていた。だが、なにも言わなかった。

「しばらく待った上に、妻恋町辺りの町家でそのひっそりとした屋敷のことを尋ねたのでございました。すると七、八人が住んでおると判明しましたが、その屋敷の主が何者か知らないと答えるばかりで埒《らち》があきません。どうしたものかと考えましたが、ここは無理をせずに親分に報告をと引き上げて参りました。そんなわけで赤目様、調べが中途半端に終わっております」

銀太郎が頭を軽く下げ、秀次も辞去の構えを見せた。

「それでよかった」

と返事をしたのは、中田新八だった。そして、おしんが、

「まずは難波橋の親分方、腰を落ち着けて下さいな」

と願った。

「そなた様方の話と関わりがございますので」

「親分、ございます。その前に赤目様が襲われたという話の顚末をお聞かせ下さ

い」

おしんが小籐次に願った。

小籐次は、芝口橋の研ぎ場で起きた騒ぎを新八とおしんに告げた。

その間におりょうらが新八とおしんの膳部を用意し、

「おりょう様、恐縮にございます」

おしんが詫びた。

「なんのことがございましょう。大事な主様のためにお四方《よんかた》はかような刻限まで働いておられるのです。膳の菜がいささか少のうございますが、あとで塩引き鮭の鍋ものを供しますゆえしばしお待ち下さい」

新たな訪問者の四つの膳には、烏賊《いか》と茄子の油煮、菊菜の胡麻よごしが酒の菜にあった。

「恐れ入ります」

おしんが頭を下げ、会釈を返したおりょうが立ち上がりかけた。

「神田上水白堀近くの牛天神の屋敷の主は塩野義佐丞、城中では同朋頭《どうぼうがしら》ゆえ佐阿弥《すけあみ》と称されておる人物です」

という中田新八の言葉に、おりょうが驚きの声を上げ、

「これは失礼をば」

と一座に詫びた。

「同朋頭とな、どのような職階じゃな」

おりょうの驚きを承知で、小籐次が新八に質した。

「元々奥坊主、表坊主を率いて城内の清掃などに勤めておる役目にございました。それが、上様や老中の先手を勤め、文書の取次ぎ、上意書の伝達を行う職へと広がりました。ただ今では若年寄支配、二百俵高、四季施《しきせ》と呼ばれる季節ごとの衣服が支給され、御目見《おめみえ》以上、布衣《ほい》以下にございますれば、身分はさほど高いとは申せません。ですが、上様、老中の文書の取次ぎを為すゆえ、同朋頭ともなればそれなりの力がございます。また幕閣と親しいゆえに大名諸家や旗本からかなりの付け届けがございますので、内所は豊かにございます。一時、同朋の力が城中で大きくなり過ぎましたゆえ、今から百年以上も前の元禄年間にかような同朋は廃絶、転職させました。ですが、塩野義佐阿弥は、老中支配から若年寄支配になって、職務の権限が縮小されたにも拘らず、今もそれなりの特権を保持しております。ひょっとするとこのご仁、だれぞと組んで影働きを勤めているかもしれません」

と新八が答えた。そして、

「おりょう様の実家は御歌学者ゆえ佐阿弥様と知り合いでございますか」

と質した。

新八もおしんも、塩野義佐丞の名を聞いたおりょうの驚きを見逃しておかなかったのだ。

「いえ、そうではございません」

新八の問いを否定したおりょうが小籐次を見た。頷き返した小籐次が、

「中田新八どの、おしんさんや、二つの騒ぎが一つになったわ」

「えっ、二つの騒ぎとはどういうことでございますか」

おしんが訝しげな顔で小籐次に質した。

「うむ、この望外川荘の歌会でもいささか騒ぎが生じておってな」

小籐次が芽柳派の集いで起こった話を新八、おしんばかりか、秀次親分と銀太郎に告げた。

「なんと佐阿弥様はこちらの門弟にございましたか。となりますと二つの狙いはなんでございましょうか」

おしんが自問するように呟いた。

「塩野義佐阿弥様のこちらへの入門はいつでございますな」

「およそ五年前にございましょうか。ただし、最初の数年はさほど熱心な門弟とは申せませんでした。ところがこの二、三年はすこぶる熱心に歌作に興じておられ、近頃では巧みな歌作を為されます」

おりょうの言い回しには微妙な意味が含まれているように思えた。

「一つ目は酔いどれ大明神騒ぎを主導しておること、二つ目は赤目小籐次様の大切なお方、おりょう様の芽柳派内に混乱を引き起こさせ、それを自ら仲裁して鎮めさせたこと。この二つの真の狙いはどこにございますので」

おしんがだれにとはなく質した。

「城中でたれぞ赤目小籐次を邪魔に思う方がおられ、塩野義某にその排除を託したか」

「待たれよ、中田どの。それがしは一介の年寄り浪人じゃぞ。城中で口の端《は》に上がること自体、あろうはずもない」

「赤目様、今や酔いどれ小籐次様の名は幕閣のだれもが承知にございます。それにわが殿と赤目小籐次様が親しい交わりがあるのも一部では知られたことです。たとえばわが主の老中青山忠裕《ただやす》を引き下ろすために赤目小籐次をまず亡き者にすることも考えられます」

「では、おりょう様の一件はどうなるのだ」

「それが」

中田新八もおしんも新たに知らされた騒ぎとの関わりをどう考えてよいか、困惑の体であった。

しばし座を沈黙が支配した。

「一つだけ大きく前進した。二つの騒ぎに同じ人物、同朋頭の塩野義佐阿弥なる者が関わっておることが分ったのはなんとも大きいではないか。今宵はもはやこの話を忘れて、秋の月を愛《め》でながら酒を傾けようぞ」

と小籐次が言い、おりょうも、

「それがようございます」

とどことなく憂いが薄れた顔で応じた。

二

翌日、小籐次は新兵衛長屋に立ち寄り、勝五郎に文を託したあと、芝口橋北詰

めに研ぎ場を設けた。その傍らには白木の板に達筆な字で、

「研ぎ御用賜ります　大明神などに非ず
参拝ごとき真似固くお断わり候」

と書いた看板をかけた。そして、その看板に古裂の袋に入った守り刀が提げられて、こちらにも、

「古剣返却候」

と書かれた木札がかけられてあった。その二つの文字の最後には、

「里桜《さとざくら》」

と書き手の名が小さくあった。

京屋喜平から注文を貰った道具を並べ、気分も新たにいつもの研ぎ屋稼業に小籐次は戻った。

朝の間はなんの変化もなかった。

四つを過ぎた時分、小籐次の前に人影が立った。

小籐次が顔を上げると、裏長屋住まいと思える女が包丁を突きだし、手にしてきた銭を洗い桶に投げ込もうとした。

「待った」

小籐次の大声が辺りの冷たい空気を震わした。

「それがし一介の研ぎ屋にござる。参拝の儀なればこの先の日比谷稲荷か、芝神明社に参られよ」

小籐次の凜然とした言葉に女が身を竦ませた。それでも黙って包丁を突き出し、賽銭を上げようとするのを小籐次が一喝した。

「無益なことを為すでない。この界隈のお店、往来の人々の迷惑を考えられよ」

その声に女が後退りした。すかさず小籐次が、

「日比谷稲荷はあちらじゃ」

と橋の南側を差した。

芝口側にも商人風の男が布に包んだものを手に立っていたが、小籐次の大喝にどうしたものかという、迷いの表情をした。

「いくら待っても参拝如き行為は断じて断わる」

小籐次の声が芝口橋界隈に響き渡り、男は困惑の体を見せたあと人ごみに紛れて姿を消した。

そんな様子を久慈屋の店の帳場格子から観右衛門が眺めて、若旦那の浩介に、

「今日の赤目様は気合が入っておりますな。あの分なれば、だれぞに唆《そその》かされた者

たちも段々と数を減らしてきましょうか」

　と話しかけ、浩介も、

「大番頭さん、橋の袂では吹きっさらしの冷たい風が吹き抜けます。昼餉のあとは店に赤目様の研ぎ場を戻したらいかがでしょうか」

　と応じていた。

「さあて、どうでございましょうな。赤目様は奇妙な酔いどれ大明神信徒が完全にいなくなるまで、何年でもあちらで頑張られる覚悟ではございませんか」

　そのあと、何事もなく過ぎて、昼餉を告げに行った手代の国三と小僧の小助が研ぎ道具をいったん店へと移した。

　無人になった折に洗い桶に賽銭が投げ込まれるのを阻むためと、研ぎ途中の刃物がなくなったりするのを用心してのことだ。

「ご苦労にございましたな。何事もなくようございました」

　昼前の一仕事を終えた小籐次に、観右衛門が労いの言葉をかけた。

「これまでそれがしの態度が曖昧であったと反省しておる。ために酔いどれ大明神などと奉られることを安易にも許してしもうた。もはや一人とてあのような真似はさせぬ」

小籐次が決然と言い切った。

「ほう、心境に変化がございましたかな」

「大番頭どの、なんでも受け入れるわしの甘さがいかぬのだ。お上にまで気を遣わせることになった」

おやおや、と返事をした観右衛門が、

「もはや参拝の類、賽銭などは一切受け付けないのでございますな」

と念を押した。

「受けぬ。一人許すと二人目が出てくる。ともかく一文たりとも曖昧な銭は受け取らぬ」

小籐次が言い切った。

しばし観右衛門が小籐次の顔色を窺っていたが、

「ようございます。うちも投げ銭などさせぬように見張っております。まずは昼餉を食しませぬか」

と誘った。

「お気持ちだけ頂戴しよう」

「おや、昼餉まで食されませぬので」

「いや、わしが台所に下がった頃合いに、一人でも心得違いの人間が過日よりの行いを為すと、これまでどおりのことが繰り返されることになる。わし自らこの場で見張って、断固あのようなことはさせぬつもりじゃ。大番頭どの、最初が大事じゃによって、どうかわしのことはご放念頂きたい」

「たしかに昼餉の手隙の折に、店の土間に銭を投げていく輩がおりますがな。赤目様自ら見張って断わられますので」

「ともかくこの数日が肝心であろう。ゆえに終日神経を尖らせて見張っておる」

「昨日、不届き千万な女が現れましたでな、お気持ちが分らぬわけではございませんがな。腹が減っては研ぎ仕事にも見張りにも力が入りませぬぞ」

観右衛門が昼餉に誘ったが、小籐次に翻意する気配はない。

致し方なく観右衛門が店から台所に下がり、小籐次は次直を傍らに引き寄せ、久慈屋の店の上がり框に腰を下ろし、眼光鋭く久慈屋の店先を睨んだ。

すると最前断わった女が戻ってきて久慈屋の中を覗き込み、小籐次の眼光鋭い睨みと目を見て慌てて立ち去った。

女中頭のおまつが茶碗を盆に載せて運んできて、

「本日は昼餉抜きじゃそうな。それでは力も出めえとよ、大番頭さんがこちらをな、持っていけと命じられたよ」

盆を小籐次の鼻先に突きだした。すると、
ぷーん
と下り酒の香りが鼻孔を擽《くすぐ》った。

「おお、これは」

笑みを浮かべかけた小籐次が、

「いかぬ、いかぬ。おまつさん、気持ちだけ頂戴し、その酒は本日仕事を終えたとき、ありがたく頂戴する」

と断わった。

「酔いどれ様が酒を断わっただと。こりゃ、よほどの覚悟じゃね」

「当たり前だ。神様を降りようという話だぞ。生半可な覚悟ではできぬわ」

「まあな、一時の騒ぎを思い出すとよ、赤目小籐次様がいよいよ神様に祭り上げられるかと考えたものな。ならば、この酒、夕方までとっておくよ」

「おお、そう願おう」

おまつに代わって国三が昼餉を終えたか、茶碗を小籐次に運んできて、

「赤目様、灘ではございません、宇治にございます」

と酒ではなく茶であると告げた。

「茶なればよかろう」

小籐次は茶を喫しただけで昼からの研ぎ仕事に戻った。

昼下がりに二人ほど酔いどれ大明神参拝らしき者がいたが、小籐次の大声に圧倒されて、研ぎどころか参拝することも賽銭も許されずに這《ほ》う這《ほ》うの体で姿を消した。

八つ半が過ぎ、小籐次は足袋問屋の京屋喜平の道具をほぼ済ませ、久慈屋の研ぎにかかった。

秋の陽射しが足早に暮れていく。

そろそろ店仕舞いかという時分、小籐次はだれかに見張られているような感じを持った。だが、小籐次は気にかけることもなく最後の仕上げ砥を紙切包丁にかけていった。

芝口橋の往来が一段と賑やかになった。仕事を終えた職人や掛取りの手代や買い物帰りの女衆に、東海道を下って江戸に到着した武家一行までと大勢の人々が行き交っていた。

そんな中、人ごみの中から、すうっと一人の影が脇差を手に姿を見せた。そして、黙って脇差の鞘尻を突きだした。

武士だが屋敷奉公の者ではない。といっても浪々の武芸者でもなく、なんとなく得体が知れない人間だった。確かに黒羽織に袴姿は御城勤めの武士のなりであった。だが、小籐次の目には、殺気を抑えた雰囲気が無言と相まっていささか奇妙に映った。

「本日の研ぎは終わった」

小籐次が相手に告げた。

だが、相手は黙って脇差を突きだしながら、無表情の顔を古裂に包まれた守り刀に向けた。

「昨日の女の仲間か。ならばあの女自ら守り刀を取りに来よと伝えてくれぬか」

小籐次の言葉に相手が頷きもせず、
くるり
と背を向けた。

その瞬間、相手の五体から殺気が走った。

手にした脇差の鞘を投げるように抜き放つと小籐次に斬りかかった。

小籐次は傍らに置いた次直の鞘を払うことなく、振り返って斬りかかろうとする相手の脇腹を鐺《こじり》で突き上げていた。

うっ
と呻いた相手が手にした脇差を離して河岸道に転がった。

転がった相手の体を飛び越えて、剽悍《ひょうかん》にも斬りかかってきた二人目がいた。

その時には小籐次は次直の鞘を払い、斬りかかってきた相手の胴を深々と抜いていた。勢い余った相手は前のめりに御堀の水へと転落していった。

柳の陰から刀の切っ先が突きだされた。

だが、おりょうが書いた白木の看板が動きを邪魔して、反対に小籐次の反撃の刃を受けて三人目も水面へと落下していった。その間に一人目の刺客が間合いを空けて立ち上がった。

芝口橋を往来する人々が、突然の斬り合いに一瞬にして凍り着いたように停止した。

「同朋頭佐阿弥の配下の者か」

小籐次はその者だけに聞こえる低声で質した。

なにか答えかけた相手が絶望の気配を顔に漂わせて、己の大刀を抜くと小籐次に必死の形相で斬撃を送り込んできた。

小籐次は相手の動きを見極めて引き付けるだけ引き付け、次直を揮《ふる》った。脇腹から胸へ深々と斬り上げた。相手は存分な手応えを感じた小籐次の横手をよろめくように突進し、堀へと落下していった。

残った仲間は何人かいる気配だったが、茫然と立ち止まった往来の人々の間を密やかに縫って逃げ去った。

御堀では久慈屋の荷運びたちが、落水した三人の体を引き上げようとしたが、夕闇と水中に隠れてかその姿を見つけられなかった。

「あ、赤目様」

観右衛門が店から飛び出してきた。下駄は左右が違っていた。よほど慌てたと思えた。

「怪我はございませぬか」

「怪我などない」

と答えるところに読売屋の空蔵が姿を見せて、

「連日の赤目小籐次襲撃、このネタ、もらった」

と言った。

「勝五郎さんに届けさせた文のとおりに読売を仕上げるのじゃ」

「酔いどれ大明神の仕掛け人を白昼の下に誘きだしてみせるぜ。こっちもたった一つの命を狙われた身だ。それなりに借りは返さないとな、江戸っ子の意気地に欠ける」

「願おう」

と小籐次が空蔵に頼み、

「勝五郎さんに今晩は酒など飲まずに体を空けておけと伝えてくれませんか、酔いどれ様」

と願った空蔵が姿を消した。

「どうやら騒ぎの張本人が分ったようですな」

観右衛門は空蔵が消えた通りに視線を向けて小籐次に尋ねた。

「大番頭どの、こたびの相手はいささか正体が知れぬ。空蔵さんが腕を揮った読売が出るまで、話は待ったほうがよさそうじゃ」

「水臭うございますな、赤目様と私の間柄ではございませんか」

「とはいえ、命あっての物種だ。空蔵さんもあやつらに狙われて逃げ隠れしたのだ」

「何者ですね」

と観右衛門がしつこく尋ねたが、

「明日にも読売が出る。その反応を待ったほうがよい。大番頭どののためだ」

と小籐次が応えると、観右衛門は戦法を変えた。

「明日もうちで研ぎ場を設けられますな」

「邪魔でなければ、そうさせてもらう」

「いえ、うちに設けてもらわねば、なにが起こっておるのかさっぱり分りませんでな。道具はうちが預からせてもらいます」

大番頭は国三を呼んで、研ぎ道具一式と二つの看板を久慈屋の土間に運ぶように命じた。

「国三、ちょっとお待ちなされ。この看板、女文字のようですが、どなたがお書きなされた」

と国三を引き止めると、小籐次に質した。

「おお、里桜の二文字か。わしも迂闊なことに知らなかったが、おりょう様の雅号は里桜と書いて、りおうと読ませるそうな」

「おりょう様の雅号は確か歌女《うため》様ではございませんでしたか。それとも二つの雅号を使い分けておられますか」

「いかにも、芽柳派を立ち上げたとき北村歌女と決めた。その場には大番頭どのもおられたな」

「はい」

「ところが女流歌人で、加賀に香林寺歌女様と申されるお方がおられるそうな。おりょう様はそのお方に遠慮なされて、密かに里桜と雅号を変えられたのじゃ」

「ほう、歌女様より赤目里桜のほうがおりょう様らしゅうて華やかな雅号にございますな」

「里桜とは八重桜の別名じゃそうな、楊貴妃桜とも呼ばれるゆえ、恥ずかしいと長年それがしに隠しておったのだ」

「おやまあ、あれこれとおりょう様らしい心遣いでございますな。いえなんとも、ぴったりの雅号にございますよ。『奈良七重七堂伽藍八重桜』と俳聖の芭蕉様が里桜を詠まれた句がございますが、ふっふっふふ、なんとも見事な雅号です」

と観右衛門が褒め称えたために、最前の話の追及は忘れたらしい。

小籐次は古裂の袋に入れた守り刀だけを携帯して小舟に乗り移り、

「ご一統様、また明日」

と小舟を久慈屋の船着場から出した。

小籐次は須崎村の望外川荘に戻る前に、新兵衛長屋に立ち寄った。空蔵の言付けを伝えるためだ。

「なに、仕事がくるって。よし、分ったぜ」

勝五郎が張り切った。

「なに、この足で須崎村に戻るのか。ああ、そうだ、蛤町河岸から角吉さんが来てよ、おまえさんに伝言だよ」

「なに、角吉がとな、なんの用事であろうか」

「なにもかにもねえよ。赤目小籐次が留守だっていうのに、蛤町裏河岸で賽銭が上がってどうしようもないとよ。賽銭を取りにきてくれとの言付けだよ」

「なに、蛤町河岸では未だ酔いどれ大明神の参拝が続いておるか」

「なんでも曲物師《わげもの》の万作親方が、得意の曲物で賽銭箱を造ったらしいや。それがもう一杯だとよ」

「な、なんと、困ったぞ」

「なにが困っただ。賽銭が上がるのはご利益があるせいだ。いいじゃないか、使いきれなきゃあ、おれが散財してやろうか」

「そのようなことをしてみよ。小伝馬町の牢に閉じ込められることになるぞ」

「だってよ、寺社にお参りする人を善男善女っていわないか。そんな人々が酔いどれ大明神に寄進した銭だ。どう使おうと勝手ではないか」

「神社仏閣はご公儀の寺社奉行の支配下にあるのだ。勝手に酔いどれ大明神などという名で賽銭を受け取ってはならぬのだ」

「じゃあ、賽銭どうするよ」

「御救小屋の費えにするのだ。前に言わなかったか」

「そんな話を聞く耳は持たねえよ。だって酔いどれ様に寄進された賽銭だぜ。蛤町裏河岸に賽銭があるということは、おまえさんの得意先のあちらこちらに賽銭がざっくざっくあるってことだぜ」

「そのようなことがあろうか」

「あるさ、決まってらあな。今日は芝口橋際で研ぎ場をわざわざ設けてよ、賽銭を断わっていたってな」

「知っていたか」

「そんな噂は一瀉千里だ。ともかくだ、おまえさんがその場にいなくても酔いどれ小籐次大明神が成り立つんだよ。毎夕、賽銭集めに回るんだな。それでよ、寺社方だかと話し合って五分五分に山分けとかさ、願うんだよ」

「断わる。暮らしの銭は働いて稼ぐ」

「ああ、貧乏小籐次め」

勝五郎の嘆きを聞きながら、新兵衛長屋の裏庭の石垣から小舟を離した。


小籐次は半刻後、浅草駒形堂の畳屋備前屋方に立ち寄った。

まさかとは思ったが、賽銭など受け取っていないか確かめに寄ったのだ。すると隠居の梅五郎が、

「おい、酔いどれ様、待っていたよ。この数日でよ、賽銭がだいぶ溜まっているんだよ。毎日よ、集めに来ないか」

興奮の体で小籐次を迎えた。

愕然とした小籐次は、言葉を失った。

「どうしたよ、酔いどれ様。疲れてないかえ、顔が。どうだ、酒を飲んで元気をつけていきなされよ」

小籐次の耳を梅五郎の言葉が素通りしていった。

三

その日から、小籐次の姿が望外川荘からも新兵衛長屋からも掻き消えた。だが、この一件は、空蔵の読売にもその動静は載らず、ただ掻き消えた。そして、だれ言うともなく、

「赤目小籐次は江戸を出て、騒ぎのほとぼりが冷めるのを待つようだ」

という噂が大川の両岸に静かに広がっていった。

須崎村の望外川荘では、おりょうと駿太郎があいといっしょにいつもの暮らしを続けていた。

時に久慈屋の観右衛門ら、小籐次と親しい者が訪ねてきてなにか知らせがあったかを尋ねたが、おりょうは、

「観右衛門さん、主どのはなんの文も言葉も残さずりょうの下を去られました。このたびの騒ぎに嫌気が差し、旅に出られたと思います」

「いつ戻って参られますな」

「こればかりは私にも」

おりょうが寂しい顔をした。

「となると、私どもはただ赤目小籐次様が戻られるのを無為に待つしか手はございませんので」

観右衛門の問いにおりょうが哀しげに頷いた。

しばし言葉を返すことができない観右衛門が力なく立ち上がり、

「なんだか江戸が寂しくなりましたな」

と言い残し、立ち去りかけたが、

「ああ、これは赤目様にお知らせすべきことでございますがな。おりょう様に許しを得て参りましょうか」

「なんでございます」

「赤目様への賽銭が深川の蛤町裏河岸、浅草駒形堂の備前屋さんなど、これまで赤目様が研ぎ場を設けていたところからうちに次々に届けられて、その額なんと八十七両二分三朱に銭で七十四文の多きに達しました」

「なんと賽銭が八十七両余でございますか。わが主様はなんというお方にございましょうな」

「おりょう様、赤目様が江戸におられない以上、いつまでもうちで預かっているわけにはいきません。わが主も赤目様がおられた折から話し合いがついていたように、町奉行所にお届けして、早めに御救小屋の費えに繰り入れて頂くのはどうだと申しております。おりょう様、このこといかがにございましょう」

と尋ねた。

おりょうも思案した末に言い出した。

「そうですね、わが主の帰りを待ったとていつになるか知れたものではございません。久慈屋さんのほうで宜しきようお手配くださいまし」

おりょうの言葉に頷いた観右衛門が、

「お奉行所に届け次第、空蔵さんにもう一度筆を揮って頂き、集まった寄進、いえ浄財は町奉行所に届け、御救小屋の費えにすることを世間に告知致します。うちにあらぬ噂が立つようなことがあってもいけませぬからな」

「賢明な考えかと思います。どこからも苦情は出て参りますまい」

と二人の間で話が付いた。


それから数日後のことだ。

いつも小籐次が研ぎ場を設けていた芝口橋に、空蔵が真新しい手拭いで吉原か

ぶりも粋に決め、片腕に刷り立ての読売の束を抱え、もう一方の手に竹棒を構えて、

「古《いにしえ》は新橋と呼ばれ、ただ今では芝口橋と親しまれた橋を往来の皆々様に、酔いどれ小籐次こと赤目小籐次様の近況を申し伝えます。御用とお急ぎのあるお方もないお方もこの読売屋の空蔵の口上にしばし耳を貸して下され。箱の上からいささか頭《ず》が高うございますが、ご一統様に隅から隅までお願い奉ります！」

と声を張り上げた。

「なんだい、酔いどれ様の近況ってよ。いささか考えることあって四国だかどこだか八十八か所のお遍路旅に出かけられたんじゃないのかえ」

「いや、おれは弘法大師様の縄張り内の、紀伊領内の高野山を訪ねておられると聞いたぞ」

と足を止めて連中が言い合った。

空蔵が深まった秋の空に一瞥をくれて、

「秋は人間になんとなく来し方なんぞを考えさせる時節でございますな。澄み渡った青空に白い雲が数片浮かび、秋蜻蛉《あきあかね》が飛んで、芒《すすき》の穂が銀色に揺れる。するてえと、行雲流水というか、ものの哀れが身に染みる。そこのおめえさんのよう

にしがない裏長屋暮らしの八さんもよ、その隣りの熊公もなんとなく胸の奥に虚しさというか、寂しさが湧き起こんないかえ」

竹棒の先で職人風の二人連れを指した。

「読売屋、ほら蔵、人を竹棒で指すんじゃねえ。おりゃ、八さんじゃねえぞ。それにそんなケチくさい気持ちになったことなんてねえ。こちとら、屋根職人だ。働いてよ、飲んで、食ってそれで一日が終わりだ」

「おめえさんは正直だねえ」

と空蔵が応え、

「でえいち、そんな気持ちになるほど、おれっち職人の懐に余裕がねえよ。それにしてもよ、神様になり損ねた酔いどれ様はよ、雲水か遍路みてえに、これまでの来し方を考え直すなんぞはさ、ちょいと似合わなくないか」

「そこだ、熊公」

「おれは熊じゃない、虎次だ」

「よし、虎公。そもそも御鑓拝借で武名を上げた赤目小籐次様がなぜ旅に出られたか、分るかえ」

「そりゃ、赤目小籐次様を酔いどれ大明神てんで神様に祀り上げ、賽銭が投げ込まれ始めたのによ、嫌気がさしてよ、旅に出たんだろ」

「虎公、こたびの騒ぎには裏が隠されているんだよ。赤目小籐次様を酔いどれ大明神に仕立てて賽銭を上げれば、酔いどれ様がつい賽銭に手をつけて酔い暮らすなんぞと考えた輩がいるんだな。大明神信仰、それに加えて賽銭となると寺社奉行のお許しがなければなるめえ」

「えっ、賽銭上げるにも寺社奉行にお伺いを立てるのか」

「そうじゃねえ。大明神に奉られて賽銭を受け取って飲み暮らすようなことをするとなると、寺社奉行が出張ってこられる」

「そうか、酔いどれ様にだいぶ賽銭が上がったというものな。寺社奉行がそれはならぬ、と酔いどれ様をとっ捉まえてお縄にしようという前に、賽銭を懐に入れて南海道のお遍路に出たというわけだな。江戸を離れれば、寺社奉行もなにもあるめえ。今頃、箱根あたりで女郎上げてどんちゃん騒ぎだ」

「愚者！」

空蔵が屋根職人の一人に怒鳴った。

「なんだ、ぐしゃって」

「愚かものと言うたんだよ。酔いどれ小籐次様はそんなケチくさいことはしねえよ。いいか、これまで集まった酔いどれ小籐次様への賽銭の額を聞いて、驚いて腰を抜かし、座り小便なんぞ漏らすんじゃないぞ、虎公」

ほら蔵がほら蔵ぶりを発揮して、竹棒で芝口橋に押し合い圧《へ》し合いする見物の衆を指し回して、注意を惹き寄せた。

「だれが座り小便するよ。早く言え、ほら蔵」

「八十七両二分三朱と七十四文だ」

空蔵の口上に立ち止まった衆から声が消えて、まるで深夜の芝口橋のように森《しん》閑《かん》とした。

「は、八十七両と言ったか、ほら蔵」

虎次の声が裏返っていた。

「おお、言った、八十七両二分三朱と七十四文と言いました」

「た、魂消た。おれもなる、大明神に」

「虎公じゃ、ダメなんだよ。ここは酔いどれ小籐次こと赤目小籐次様じゃねえと話が成り立たないんだよ」

「そ、そんな。で、その金、どうするんだよ」

「まあ、待て、愚者めら」

「なんだよ、おれっちをそう褒めるねえ」

「褒めてねえよ、愚者の虎公。驚く話はこれからだ」

「ならば早く言いねえ」

「そのことは読売にすべて書いてある」

と空蔵が腕に抱えた読売を一枚抜いて売る振りをした。

「汚ねえぞ、ここまで人をコケにしておいてよ」

「よし、ここは一番読売屋のほら蔵の心意気を見せようじゃありませんか」

空蔵が一拍おいて手にした読売を元へと戻し、ふたたび見物の衆の気持ちを引き寄せた。

「そもそもこの紙問屋の久慈屋さんの店前の研ぎ場で赤目様を無言で拝む輩が現れ、賽銭を上げ始めたのは二十数日前のことだ。初日の賽銭の中に一枚の富札があったと思いねえ。湯島天神の富籤だ。だが、その前に富籤、富札、富興行の由来を申し述べておこうか」

「そんなことどうでもいいよ」

「虎公、うるさいぞ。ただでほら蔵の講釈聞いて文句を言うんじゃねえ。嫌なら帰りやがれ」

「強気だな、おれが悪かった。由来でもなんでもやってくれ」

「虎公の気持ちも分らないじゃねえ、掻い摘んで言うとな、松平定信様の寛政の改革で富籤は、一寺社年三回かぎり、それも江戸、大坂、京都の三つの都に限られていた。それが二年前の文政四年に三つの都に限らず、名目を立てて年に何度の開催も叶うようになった」

文化文政は富籤が熱くなり過ぎた時代だった。最高の富籤が百両、百五十両から五百両、千両に上がり、世間を騒がせていた。

「さあて、酔いどれ小籐次様に賽銭代わりに投げ込まれた湯島天神の一枚の富籤がどうなったと思うな、愚者」

虎次がおれかと、指で顔を指し、

「せ、千両富が当たった」

「欲をかいちゃいけねえや。だがな、なんと二番富の五百両が当たった」

わあおっ！

怒号のようなざわめきが橋上に起こった。

今や橋上ばかりか橋の左右の芝口一丁目にも、出雲町の道にも大勢の人々がいて、一斉に驚きの声を漏らしたので大きな唸り声に変わって、芝界隈に広がっていった。

「おい、よ、読売屋、ご、五百両も酔いどれ様のものか」

「経緯《いきさつ》からいけばそうなるな」

「だけど、最前賽銭はいけねえって、寺社奉行が文句をつけたと言うたじゃないか」

隠居風の年寄りが注文をつけた。

「よう聞いていたな、ご隠居」

「ど、どうするよ」

「虎公、身震いするねえ、おまえのものじゃねえよ」

仲間が注意した。

「富籤は賽銭か」

空蔵が周りを取り囲んだ大勢の見物衆に質した。

「富籤は富籤だよ、賽銭じゃねえよ」

「ただの富籤が五百両の当たり籤に化けたんだ、その時点で賽銭になろう」

と見物人の武家が言った。

「そうなりますかね、お侍さん」

と空蔵が問い返した。

「ではないのか」

「ともかくだ、酔いどれ大明神に上げられた賽銭が一挙に五百八十七両二分三朱と七十四文に増えた」

「ど、ど、どうするよ」

「寺社方のお考え、町奉行所の判断もすべてこの読売に書いてある。どうだ、虎公、たったの七文で話の続きを知ることができるぞ。どうだ、買うかえ、愚者」

「買ってもいいが、おりゃ、職人だ。字が読めねえ、話してくんな」

「あっちに行きやがれ、ほんものの愚者」

空蔵が虎次を相手にいじりながら、読売を虚空に差し上げた。

「わたしゃ、字が読めます。ちょうだいな」

「おうよ、女衆、売った」

大勢の手が空蔵に差し出されたが、さすがは老練な読売屋、鮮やかに大勢の客を捌《さば》いて七文の銭を手際よく受け取った。

ひと騒ぎが終わり、いつもの芝口橋に戻った。

ただ小籐次の姿と研ぎ場が見えなかった。

「ご苦労でしたな。さすがはほら蔵さんの口上ですよ、なかなかのものでございましたよ」

久慈屋の大番頭の観右衛門が店の一角に座布団を敷き、茶菓を用意して空蔵の働きを労った。

「いえいえ、わっしの力ではございませんでな、さすがに酔いどれものは客の食いつきが凄うございますな。用意した読売二百枚があっという間に捌けました」

空蔵が茶碗に手を出したとき、久慈屋の店先に在所から公事で江戸に出てきた名主風の年寄りが立ち、空蔵の顔を見て聞いた。

「読売屋さん、赤目小籐次様は、この読売に書いてあるようにすべての賽銭から富籤の当たり金まで、公儀の御救小屋の費えに供されますのか」

年寄りの手には買い求めた読売があって、大金の行き先が書いてあった。それを読んでのことだろう。

「へえ、旦那さん、読売に書いてあることはすべて真のことですよ、赤目様はこの騒ぎが始まったときからその気でございましてな、すでに一度うちの読売で書いてございます。なんぞ訝しいことがございますか」

空蔵が問い直すと、その人物は久慈屋の店を見回し、

「さすがに江戸でございますな。在所ではこれだけの種類の紙を扱う店はございません。あとでいくらか紙を購いたいと思いますがな、その前に読売屋さん、最前話された五百八十七両なにがしはすでにお上に渡されたのでございますかな、そのことをお尋ねしたい」

と言い出したものだ。

空蔵が観右衛門の顔を見た。頷き返した観右衛門が、

「旦那様、私は久慈屋の大番頭観右衛門にございます。赤目小籐次様の賽銭は、うちでお預かり致しておりましてな、赤目様の願いを受けて、町奉行所に届ける算段をしている最中に富籤が当たったことが判明したのでございますよ。ゆえに五百両に換金の上、未だうちにお預かりしてございます。明日にでも奉行所に届けます」

「ならば大番頭さん、お願いがございます」

「なんでございましょう」

「赤目小籐次様の名は豆州《ずしゅう》にも鳴り響いておりますがな。こたびのご決断も私いたく感心致しました。つきましてはきりよく六百両になるように差額の十二両なにがしを寄進したく存じます。受け取ってくれませぬか」

と言い出した。

観右衛門も空蔵も顔を見合わせて驚いた。

「これはご奇特なお方にございます。うちでもあれこれと考えておりましたが、有難い思し召しにございます。まずはお手前様のお名前をお聞かせ下さいませぬか」

「なあに、在所に住む年寄りの気まぐれです、名などはどうでもようございます」

「それでは私が困ります」

観右衛門も虚を突かれたようで、気持ちを立て直して頑張った。

「いえね、正直なことを申し上げますと、公事で江戸に出て参りましたが、思いの他、私どもの訴えをお上がお聞き届けになりましてな、江戸に出てきた甲斐があったと思っていた矢先のことです。気持ちが軽くなったところにこの読売屋さんの口上を聞きましてな、さすがは赤目小籐次様と感心致しましてな、かようなことを思い付きました。いえ、私の名前などどこの際どうでもようございます」

と応じた客が財布から六百両になるように小判を出そうとした。

「お客様、最前、うちの紙にもご関心があると申されました。まずは店座敷に通って頂けませんか」

観右衛門が豆州から江戸に出てきたという名主風の客を招じ上げた。

店先に残ったのは空蔵だ。

茶を喫すると、

「若旦那、この話を交えてもうひと稼ぎだ」

と若旦那の浩介に言い残して店を飛び出していった。


おりょうは望外川荘の縁側で明日の芽柳派の集いの仕度をしながら、駿太郎が独り黙々と木刀を揮う姿に時折眼差しを向けて、

(そなた様は今どちらに)

と虚ろな胸に問い質していた。すると駿太郎も同じ気持ちだったのか、

「母上、父上はどちらに参られたのでしょうね」

と素振りの手を止めておりょうに尋ねた。

「さあて、なにも申さず黙って姿を消されました」

おりょうは嚀に聞く、

「赤目小籐次は騒ぎの鎮まるまで旅に出た」

ということがどうしても信じられなかった。

だが、久慈屋を始め、だれも赤目小籐次のいる場所を知っている者はいなかった。

「駿太郎、父上は姿が見えようと見えまいと私たちの傍らに必ずおられます」

と答えると、駿太郎が怪訝な顔をして、ふたたび木刀の素振りを始めた。

四

丹波篠山藩五万石藩主は当代の青山忠裕で四代目、明和五年（一七六八）の生まれゆえ五十六歳であった。

忠裕は、寛政五年（一七九三）に奏者番を兼ねた寺社奉行に二十六歳の若さで就いて以来、大坂城代、京都所司代と順調に幕閣の中で昇進を遂げ、文化元年（一八〇四）一月二十三日に老中に昇りつめていた。

以来十九年の長きにわたり、幕閣最高の老中職を守り、将軍家斉《いえなり》の厚い信頼を得ていた。

格別に目から鼻に抜けるような明晰さは持ち合わせていなかったが、家斉に忠義一筋、幕府大事の気持ちが老中職を長く勤めさせることになる。

ちなみに忠裕の老中職は天保六年（一八三五）五月六日まで続くゆえ、老中在位三十一年もの長きにわたった。異例といってよい。

だが、青山忠裕が老中の間に格別に幕閣に強権を揮ったという記述や認識はない。ある意味では凡庸な官吏であったと評してよいかも知れぬ。そのことが青山忠裕の、

「長期老中在位」

を保証したといってよいかもしれぬ。だが、幕閣の中には、

「上様は青山様に格別目をかけておられる」

と妬む者もいた。

寛政十二年（一八〇〇）に若年寄に補職された大和高取藩二万石植村駿河守家《いえ》長《なが》もその一人であった。すでに若年寄職について二十三年が過ぎていた。だが、老中に出世する気配は一向になかった。

植村家は元々、旗本九千石大番頭の出で、植村家政《いえまさ》が加増の上に大和高取藩を領有することになった。そして、家政から数えて九人目の家長が高取藩藩主を継承していた。だが、宝暦四年（一七五四）生まれゆえすでに七十歳、江戸期にあ

っては長命といえた。老いた家長の胸中には幕府最高位、「老中」

昇進への野望が密かにあった。

植村家長は最後の機会に老中職出世をかけた。

城中での上様や老中の文遣いなどを為す同朋頭の塩野義佐阿弥が、家長の野心を感じ取って、

「植村様、青山忠裕様の老中職も長うございますな。幕閣という者、あまりに長きにわたると政《まつりごと》に淀み、緩みが生じます」

と囁いたことが切っ掛けであった。

家長は同朋頭佐阿弥の顔を凝視して表情を確かめ、質していた。

「青山忠裕様が老中職を退く噂があるのか」

「いえ、なかなかその気配はございません」

「ならばなぜさようなことを申す。同朋頭の分際でさような戯言《ざれごと》は僭越《せんえつ》至極である」

「戯言ではございませぬ、植村様」

佐阿弥が平然と言い切り、

「老中青山様には一人の男が付いております、青山様の数々のお手柄はこの男に負うところが大きゅうございます」

「家臣か」

「いえ、青山家の家来ではございません。ともあれその男さえ取り除けば、青山老中の力は半減致しましょう。その他のことはどうとでも始末がつけられましょう」

と言い足した。

「何者か」

「植村様、ご存じございませぬか。御鑓拝借の赤目小籐次のことを」

「承知しておる。大名四家を向うに回して旧藩主の恥を雪《そそ》いだ男じゃな」

「はい」

「老中青山様には赤目小籐次が従っておるか。ゆえに青山様が自信満々の態度で幕閣を仕切っておられるか」

「豊後国の小名の厩番を勤めていたような小者にございますがな、いささか世間では過大に名が上がりすぎております。この赤目小籐次にはいくつか弱みがございます」

「その方、青山忠裕様を老中職から引き下ろすために赤目小籐次をまず潰せと申すか」

　家長の問いに佐阿弥が頷いた。

「ただ今江戸で武名をとどろかす赤目小籐次に正面から戦いを仕掛けるのは、いささか無謀にございましょう。老中青山様と赤目小籐次を醜聞に巻き込み、追い落とす秘策がございます」

「秘策とな、どのようなものか」

「植村様、それはこの同朋頭塩野義佐阿弥の胸三寸にございます。長年熟慮してのことでございます、お任せ下され」

　御用部屋の中には二人しかいなかった。家長はそれでも辺りを見回し、

「身どもに迷惑がかかるようでは困る」

「ご案じなさるな」

　家長は思案し、思わず話を進めた。

「そなた、その企てにいくらかかる」

「老中職を得る元手にございます。それなりには」

「いくらか、申せ」

「まずは五百両」

「若年寄は役料なしじゃぞ」

「植村家には初代家政様以来、それなりの蓄財がございますそうな」

「そ、そなた」

「同朋頭塩野義佐阿弥はただの同朋衆ではございません」

家長は、佐阿弥が城中で情報を売り買いする影の者との噂を思い出していた。

「老中職五百両とは安い買い物にございます」

しばし思案した家長が、

「佐阿弥、そのほう、身どもを老中に就けてなんの得がある」

「諸々ございます。まず老中と同朋頭が手を握れば、上様と直に話すがごとく意が通じます」

との佐阿弥の言葉に思わず頷き、

「老中のう」

「植村様が老中職に就かれる、悪い話ではございますまい」

と応じた佐阿弥の顔には、植村家長の気持ちなどお見通しと書いてあった。だが、家長は気が付かなかった。さらに佐阿弥が言った。

「赤目小籐次にいささか過ぎたるものがいくつかございます」

「なんじゃ」

「歌学者北村様の娘御のおりょう様を側室同然にしております。この佐阿弥、おりょう様に惚れました。老中青山様と赤目を醜聞で追い落とした後におりょうを頂戴致します」

「女子に惚れて身どもに加勢するというか」

「と同時に赤目小籐次の弱みがこの北村おりょうにございますよ」

「その女人、芽柳派とかいう歌壇の女宗匠ではなかったか」

「よう、ご存じでございますな。この塩野義佐阿弥、季庵という雅号の門弟の一人にございます」

「ほう、この企て、なかなか深慮遠謀と見た」

家長の問いに佐阿弥が細い眼に嗤《わら》いを浮かべた。家長は思わず、

（この同朋頭、まるで老狐ではないか）

と考えた。だが、この塩野義佐阿弥が表と中奥を取り仕切る影の役目を長年はたしてきたことを家長は迂闊にも知らなかった。

「植村様は老中職、この佐阿弥はおりょう。いかがですかな、この企て」

頷いた家長が、

「五百両でよいな」

と佐阿弥に念を押した。

一年半前に城中で交わされたこんな密契を、中田新八とおしんが苦心の末に探索してきた。老中職十九年の長きにわたる青山忠裕の密偵でなければ拾い集められない情報であった。

この話を二人に聞かされた小籐次は、

「なにかと煩き世の中かな。江戸を離れて旅に出、酔いどれ大明神信仰が消えるまで、ほとぼりを冷ますしかあるまい」

と新八とおしんに応えていた。

「ふっふっふ、そんなことなど少しも考えておられますまいに。赤目様はおりょう様の傍らを離れることなどございません」

とおしんが言い切った。

「いや、それがし、姿を消す。そんな噂を新八さんや、おしんさんが巷に流してくれぬか」

と願った。

小籐次の姿は新兵衛長屋からも望外川荘からも消えた。だが、小籐次は江戸を離れたわけではなかった。

紀伊和歌山藩の抱屋敷の西南に堀を挟んで接した、丹波篠山藩青山家の中屋敷の長屋にいた。

新しく雇われた年寄りは、朝から屋敷にあった古竹を小刀で割って竹笛や風車や竹とんぼを造り、無聊の時を過ごしていた。

須崎村の望外川荘では、次の集いの、

「秋の歌会」

に向けて着々と仕度が進んでいた。

春と秋の歌会は歌作歴の長い人も初心者もほぼ全員揃い、各自が歌を持ち寄って披露したあと、おりょうから佳作五首が選ばれ、そのあとは野点《のだ》てを催すのが常だった。芽柳派の主宰者が女ゆえの工夫の茶会であった。だが、こんどは茶会を取りやめ、ささやかな宴にして酒も供する仕度が為されるという。

この知らせに門弟衆は喜び立ち、噂した。

「なにしろ師匠のおりょう様は酔いどれ様とねんごろというでな、酒には縁が深い。私どもも茶よりは酒のほうが気は楽です」

「気が楽というより楽しゅうございますよ」

「なんと申してもわれらの師匠は江都でも名高い美人じゃからな」

「いささか年を取られたが、ますます上品な艶《つや》を醸し出しておられる」

「いや、過日の騒ぎに門弟の一部では退会しようという動きもある。その引き止め、験直しの宴ではないかね」

などと不謹慎な話を含めてあれこれと門弟が言い合った。

秋の歌会の日がやってきた。

腹に一物《いちもつ》ある門弟の一人、季庵こと塩野義佐丞は張り切って歌会の始まりの前に望外川荘を訪ね、

「おりょう様、こたびの歌会の後には宴を催して下さるそうな。なんぞ手伝いは要りませぬか。わが屋敷の女どもを何人か手伝えるように手配してございます」

とおりょうに申し出た。

「季庵様、お心遣いありがとうございます。歌会のあとの酒宴ゆえ、七つ時分からささやかな酒宴を催します。十分手伝いは足りております」

とおりょうは断わった。

しかたなく、季庵は同行してきた小者を屋敷へと戻した。

その小者を中田新八とおしんの二人が密かに尾行していった。

望外川荘に残った季庵は、庭のあちこちをそぞろ歩いて歌作を為す体を見せていた。そして、望外川荘のどこにも赤目小籐次の姿がないことを確かめ、最後に船着場に姿を見せた。するとそこで赤目小籐次の倅の駿太郎が飼い犬のクロスケの散歩を為しているのにばったりと会った。

「おや、駿太郎様自ら犬の散歩にございますか」

「本日は歌会ゆえ望外川荘のだれもが忙しゅうございます。それで私がクロスケの散歩をしております」

「おりょう様孝行でございますな、駿太郎様は」

と応じた季庵こと塩野義佐丞が、

「駿太郎様の父御は武名高き赤目小籐次様と門弟衆が噂するのを耳に致しましたが、真のことでございますか」

と質していた。

「いかにもさようです」

十歳にしては背丈が高い駿太郎が自慢げに言い切った。

「私は未だ赤目小籐次様にお目にかかる機会を失しております。赤目様は小柄なお体のお人と聞いておりますが真にございますか」

「父上は五尺そこそこの背丈です」

「駿太郎様はすでにお父上と同じ背丈ではございませぬか。立派な体格にございますな」

「はい」

駿太郎は返事をした。

「おいくつでしたかな」

「十歳です」

「春が来れば十一歳ですか。必ずや父上様の背丈を追い越されますぞ」

と言った塩野義季庵が、

「前々からそなたのお父上にお目にかかれないものかと思うておりました。本日はいつもとは違い、茶会ではのうて酒宴が催されるとか。お父上にお会いすることが叶いましょうかな、駿太郎様」

「父上はただ今旅に出ておられます」

「それは真に残念の極みです」

と塩野義季庵が漏らし、

「どちらに参られましたので」

と念を押した。

「行き先は知りませんが、母上は半年か一年はお戻りにならないと申しておられます」

「母上と申されましたが、駿太郎様の母上とはどなた様のことでございますな」

季庵の不躾《ぶしつけ》な問いに駿太郎はしばらく黙っていたが、

「おりょう様のことです」

人の心を見透かすような細い眼の門弟に言い放った。

「父上が赤目小籐次様、母御が北村おりょう様ですか。それはおかしゅうございますな」

「なにがおかしいですか」

最前から我慢していた腹立たしさを顔に出して駿太郎が反論した。

「巷にそなたの父親は赤目小籐次ではないという風聞が流れております」

「さようなことがあろうはずもありません。駿太郎の父上は赤目小籐次にございます」

顔を真っ赤にした駿太郎が激しく反駁《はんばく》した。

「赤目小籐次はすでに五十路を超えていましょう。そなたは十歳、ならば母御はだれじゃな」

季庵の言葉使いが変わった。

「母上は、おりょう様です」

「おりょう様が母上ならば血のつながらない養母ということになる」

「血などどうでもよいことです」

駿太郎は、なにを感じたか背中の毛を逆立てたクロスケの引き綱をぎゅっと両手で握り締めた。

「赤目小籐次はそなたの父親ではない」

季庵が言い切った。

「そのようなことがあろうはずもない」

「ある。確かな証もある」

「ならば駿太郎の父親はだれですか。そなたは承知で言うておるのか」

季庵がしばし口を噤み、

「知っておる」

と囁くような声で言った。

ごくり、と唾を飲み込んだ駿太郎が思わず質した。

「だれですか」

「赤目小籐次を付け狙った刺客の一人、須藤平八郎という者がそなたの実の父親じゃ。その折、そなたは赤子だったゆえ知らぬのだ。実の父親の須藤平八郎を赤目小籐次が無惨にも斬り捨てた」

しばし沈黙していた駿太郎は、

「嘘じゃ、虚言を言うな！」

と吐き捨て、湧水が出る池の岸辺へと走っていった。するとクロスケが季庵を睨みながらも駿太郎の勢いに引っ張られるように従っていった。その様子を薄ら嗤いで見送った季庵が、

「駿太郎の母がおりょう、父が赤目小籐次はもはや今日かぎりじゃぞ」

と嘯《うそぶ》いた。

「季庵どの、お早いことですな。師匠に歌作の添削を独り願うとはずるうございますぞ」

と猪牙舟に相乗りした門弟たちが、望外川荘の船着場に着いて急に賑やかになった。

小籐次は数日前から作っていた風車を長屋の出口の柱に立て、竹とんぼを三本破れ笠に差し込み、次直と脇差を差して青山家の中屋敷を辞去した。すると門番が、

「おや、そなたはお武家様にございましたか」

と問い直したものだ。

「お武家などという身分ではございませぬよ。何日もお長屋にお世話になりましたな」

「もはやこちらにはお戻りではございませんので」

「はい。中田新八様やおしん様から知らせがござった」

と応じた小籐次が青山家の中屋敷の門を出た。するとどこからともなく竹製の風車が回る音が響いてきた。

第五章　家族の戦い

一

秋の歌会は最後の集いと考えたか、これまでで最高の百余人を超える門弟衆が集い、歌会は熱気の籠ったものになった。そしてこの日、佳作十首が門弟全員の互選で選ばれ、優秀五首がおりょうの選評とともに発表されて終わった。

この日、おりょうの父、御歌学者北村舜藍も顔を見せ、娘の主宰する芽柳派の盛況に驚きの表情を見せた。

だが、塩野義季庵の歌作は門弟互選の十首にも選ばれなかった。

宴に移った。

座敷で百以上の膳を並べるようなことはできない。そこで庭のあちらこちらに門弟衆が持ち寄った食べ物や飲み物が置かれ、深川蛤町河岸の竹藪蕎麦の美造親方が仕切り、魚屋の親方が江戸の内海で取れた新鮮な魚の造りを届けてくれた。またおりょうやあいの他、久慈屋の女衆やお夕らの手伝いでそれぞれが忙しく立ち働いた。

酒は四斗樽が開けられ、芽柳派の発足以来の門弟たちは、

「師匠、ようもかような数に門弟衆が増えましたな。これも偏《ひとえ》に北村里桜師匠のご指導の賜物です」

とか、

「江戸は百万の住人が住み暮らす都にございます。まだまだ芽柳派は大きくなることができますぞ。なにはともあれかような祝いの日を迎えられたのはめでたいことです」

とおりょうを交えたあちらこちらで言い合った。そして、おりょうがいなくなると、

「この祝いの席に足りぬものがあるとしたら一つだけでございますな」

と一人の門弟が言い出した。

「ほう、なんでございますな」

「それは師匠のおりょう様と親しい赤目小籐次様を拝顔できぬことでございますよ。芽柳派の初めての宴ゆえ、私は酔いどれ小籐次様にお目にかかることができると思っておりました」

「私もですよ」

「それは無理にございましょうよ」

「なぜですな」

「ほれ、先日来、赤目様は酔いどれ大明神に奉られ、寺社奉行のお叱りを受けられたとか、祝いの場には出てこられますまい」

「いえいえ、あの騒ぎは赤目小籐次様になんの罪咎があるわけではなし、勝手に手を合わせ、賽銭を上げられる流行廃《はやりすた》りにございましょう。赤目様は賽銭に上げられた湯島天神だかの五百両の当たり籤と賽銭のすべてを町奉行所に届けられ、御救小屋の費えにと差し出されたそうな。その赤目小籐次様にお上はどのようなお叱りをなされるというのです」

「読売で私も読みましたよ」

　それまで黙って聞いていた門弟の一人が言い出した。

「この一件、なんぞ隠された企みがあるとか、赤目小籐次様は自ら酔いどれ大明神騒ぎを鎮めるためにしばらく旅に出られたそうですよ」

「それでおりょう様が今ひとつお元気ないのですかな」

などと賑やかな宴の陰でひそひそ話が繰り返された。

芽柳派の賑やかな集いも六つ過ぎにはお開きになり、おりょうの父も門弟衆も満足したようにそれぞれ舟や駕籠や徒歩で家路に就いた。

また美造親方らも手際よく後片付けをして、望外川荘はいつもの静けさを取り戻そうとしていた。

駿太郎といっしょにお夕はクロスケの散歩に池の端に行った。

お夕はこの日、望外川荘に泊まる許しを両親から得ていた。

そんなお夕は、駿太郎が無口なのを気にしていた。

「駿太郎さん、どうかしたの」

お夕が聞いたのは、望外川荘を池越しに見ることができる対岸へ差し掛かったときだ。

駿太郎が足を止め、お夕の顔を見た。

秋の夕暮れだ、すでに周りは暗かった。

はっ

とするほど暗い、こんな駿太郎の顔を見たことがお夕はなかった。

「お夕ちゃん、なんでもない」

「いや、あるわ。駿太郎さんのそんな顔を見たことないもの」

「お夕ちゃん、なんでもないよ」

と繰り返した駿太郎がクロスケの引き綱を手に先へと歩きだした。

「待って。おかしいわ」

「なにがおかしい」

「駿太郎さんは江戸で一番強い武芸者赤目小籐次様の子よ。そんないじけた顔なんておかしいわ」

「お夕ちゃん、なんでもないと言ったぞ。何度も繰り返して聞くな」

と叫んだ駿太郎が走り出し、クロスケが嫌々後ろから従っていった。

「待って、駿太郎さん」

お夕は必死で駿太郎のあとを追いかけると引き綱に手を掛けた。仕方なく駿太郎が足を緩めた。

「そんな駿太郎さん、嫌いよ」

お夕の舌鋒は鋭く駿太郎の胸に突き刺さった。

駿太郎の顔が歪んだ。泣き崩れそうになった顔を駿太郎は必死でお夕に隠そうとした。

「駿太郎さんと夕が拐《かどわか》しにあったとき、駿太郎さんは夕を助けてくれたわ、守ってくれたわ。私たちは姉と弟よ、家族同然じゃないの。嫌なことがあれば姉の私に吐き出せばいいじゃない。それとも夕が信じられないの」

お夕の一語一語が駿太郎の胸に応《こた》えた。それでも駿太郎は迷っていた。

「いいわ、駿太郎さん。私はこれから新兵衛長屋に戻る」

と言い残したお夕が、池の端の道を大川へと向って走り出した。

駿太郎はクロスケの引き綱を握って立ち竦んでいた。クロスケが何度も駿太郎の顔を見た。お夕と駿太郎のことを察した表情の動きだった。

お夕の姿が夕闇に紛れようとした瞬間、

「お夕ちゃん、待ってくれ」

と叫んだ駿太郎がお夕を追いかけて走り出し、クロスケも駿太郎を引っ張るように猛然と走った。そして、追いついたとき、叫ぶように尋ねていた。

「お夕ちゃん、駿太郎は父上の子ではないのか！」

駿太郎が叫んだ言葉にお夕が足を止め、振り返った。

「駿太郎は父上の子ではないと門弟の塩野義様が言われたぞ」

「どういうこと」

「駿太郎さん、なにがあったかすべてこの夕に話して」

お夕の険しい表情に、駿太郎が門弟の一人が告げた話をした。

「なんということを」

お夕は、塩野義某に激しい怒りを感じて頭が熱くなった。

「私の父上は赤目小籐次ではないのか」

駿太郎がさらにお夕に迫った。

「お夕ちゃん、なにか知っていたら駿太郎に教えてくれ」

「駿太郎さんのお父つぁんは赤目小籐次様しかいないわ」

「おタちゃん、駿太郎は長いこと父上のことをじいじいと呼んでいたぞ。父上ならば父上と最初から呼べばよかろう。どうだ、違うか」

「駿太郎さんはなぜ赤目小籐次様をじいじいから父上と呼び、おりょう様を母上と呼ぶようになったの」

「だって、父上をじいじいと呼ぶのはおかしかろう。父上のお好きな人がおりょう様ならば駿太郎の母上ではないか」

「だったら、それでいいじゃないの」

「塩野義様は駿太郎の父親は須藤平八郎という人だと言われたぞ。お夕ちゃんは知っておるか」

駿太郎の問い質しにお夕は顔を横に振った。だが、お夕は幼い頃の記憶をよみがえらせた。長屋の住人の侍が突然赤ん坊を抱えて長屋に戻ってきた記憶がお夕の頭の片隅にあった。そして、新兵衛長屋の界隈の女房から貰い乳をする光景をお夕はかすかに覚えていた。

これまで駿太郎の父親がだれか、母親がだれかなど考えたこともなかった。

「知っておるならば教えてくれ」

駿太郎がお夕にせがんだ。

「知ってどうするの、駿太郎さん」

「真のことを知りたいだけだ」

「それだけ」

「ああ、それだけだ」

「赤目小籐次様がお父つぁんでおりょう様がおっ母さんということは変わらないのね」

「駿太郎の父上は赤目小籐次、母上はおりょう様だ。変わるものか」

おタが隅田川左岸にある長命寺の方角にゆっくりと歩き出した。そして、駿太郎とクロスケが歩調を合わせた。

おタが幼い頃のおぼろな記憶を駿太郎に告げた。小籐次が赤子の駿太郎を抱いて新兵衛長屋に戻ってきた日のことをだ。

「駿太郎には別の父上がいたのだ」

「そうかもしれない。でも、駿太郎さんのお父つぁんは赤目小籐次様よ」

「分っておる」

と答えた駿太郎だが、塩野義某という門弟が言った言葉、

「実の父親の須藤平八郎を赤目小籐次が無惨にも斬り捨てた」

ことをおタには告げなかった。

「駿太郎さん、この話、どうするの。赤目様とおりょう様に話すの」

「分らぬ」

駿太郎が答えた。

「駿太郎さんが尋ねれば赤目様もおりょう様も必ずほんとうのことを話してくれると思うわ。でも」

「なんだ、お夕ちゃん」

「話すのは今じゃなくてもいいような気がする」

「なぜだ」

「分らない、そんな気がするだけよ」

お夕の答えに駿太郎が考え込んだ。

「いつ話せとお夕ちゃんは言うのだ」

「分らない。でもその時は必ずくる、今じゃないような気がするの。夕の言葉が信じられない」

「いや、そんなことは」

「私たちは姉と弟のように育ってきたのよ。なにかこのことで話したいことがあったら、真っ先に夕に話して」

長い沈黙のあと、駿太郎が言った。

「お夕ちゃんに真っ先に相談する」

妻恋坂の坂上にある妻恋稲荷に接した小体の屋敷から、もやっとした霞が流れ出た。すると黒衣に身を包んだ男女七人が宵闇に紛れるように忍び出た。

まだ町には人の往来はあった。だが、七人の男女に関心を抱いた者はいないようで、傍らをもやっとした霞が流れた記憶をあとで思い出すことになる。

だが、この妻恋坂の屋敷を見張っていた三人は、霞が流れていく方向のあとを尾行していった。

赤目小籐次、中田新八、おしんの三人だ。

黒衣の男女は、神田川に架かる昌平橋上の土手に飛ぶと流れに舫っていた船に乗り込んだ。そして、間をおいて小籐次ら三人が土手を走り下り、七人の男女が舫っていた船の上流に止めてあった猪牙舟に乗り込むと、小籐次が櫓を握った。

だが、格別急ぐ様子もない。七人が乗る船は一丁半ほど川下にいたが、行き先は小籐次らに分っていた。

望外川荘ではいささか遅い夕餉の膳が、台所に接した畳の間に四つ用意されていた。おりょう、駿太郎、あい、そして今晩の泊まり客のお夕の膳だ。

だが、クロスケの散歩に出た駿太郎とお夕がなかなか戻ってこないので、あいが提灯を灯して迎えに出た。

広い望外川荘におりょうだけが残された。

おりょうは庭を見渡す縁側に出て、三人とクロスケの帰りを待つことにした。手にはクロスケの餌の丼を手にしていた。宴の残りものの魚などでなかなかの馳走だった。

おりょうは沓脱《くつぬぎ》の上に丼を置いて船着場の方角を見た。

そのとき、背中にぞくりとした悪寒が走った。

（なにがあったのか）

おりょうは振り返った。すると座敷の床の間を背にした主の座に、一人の人物が上体を脇息《きょうそく》に寄りかからせて座していた。

「季庵どの、なんの真似です」

おりょうは強い口調で咎めた。

百数十人の門弟の中でいちばん正体の知れない人物であった。むろん門弟衆の本名、住まい、職、年齢などおよそのことは入門の折に書付にして提出してもらう。だが、おりょうがそれを読み返すことはなかった。おりょうと門弟衆が縁を持つのは、

「芽柳派の歌作の集い」

の場、それだけだと考えていた。

「なんの真似です、塩野義佐丞どの」

おりょうはさらに詰問した。

塩野義は入門の折、塩野義佐丞と本名で書付を提出していたが、住まいも職種も付記しなかった。だが、おりょうは他の門弟同様にそのことを敢えて書き足すようには要求しなかった。

季庵は無表情の顔でおりょうを嘗め回すように見上げていたが、黙したままだ。

「屋敷に草燃様と楼外様の二人を招かれ、改めて諍いの仲裁を丁寧にもして下さったそうな、礼が遅くなりました」

縁側に立ったままのおりょうは季庵の無礼を言外に咎めて、かたちばかり礼を述べた。

「喧嘩の仲裁は時の氏神というでな」

ぼそりとした低声が季庵の口から漏れた。

「本日の集いはすでに果てました。かような刻限に訪《おとな》いも告げずにわが屋敷に入り込み、主様の座を断わりもなく占めるなど無礼千万でございましょう。門弟とは申せ、許せませせぬ」

おりょうの言葉は凛として険しかった。

「主とは赤目小籐次か」

季庵の無礼な言葉におりょうは返事もしなかった。

「師匠、本日師匠が選んだ五首どころか、門弟が互選した十首にもわが歌作はない。なぜであろうか」

「季庵どの、私は門弟衆が真剣に選ばれた十首から胸に染みる歌作を五つ選んだのです。どの連歌もなかなか風味があり、わが心を打ちました。そもそもそなたの歌作は門弟衆が選んだ十首にはございませんでした」

「なぜ私のは選ばれなかったか」

「さてそれは」

「門弟というものは師匠の心を読んで選ぶもの」

「塩野義佐丞どの、そもそもそのような考え方が歌人とは遠いものかと存じます」

「季庵の連歌は邪《よこしま》と申されるか」

「捻じ曲がった心をご当人もお気付きでしたか。ならば話が早うございますな」

「話が早いとは何事か」

「塩野義佐丞どの、本日ただ今より芽柳派から破門致します。直ちに立ち去りなされ」

おりょうの声は冷静ではあったが怒りが込められて威厳があった。

「なにゆえに破門ですかな」

塩野義佐丞は平然としていた。

「過日、六ッ本小三郎と能年屋与右衛門が集いの場で諍いを引き起こしたことも、そなたが仲裁に入られたこともなんぞ魂胆があってのことかと、私は察しております。連歌の集いにはいささか門弟の数が増えました。されどそなたのように正体が知れず、邪な考えを持つ者はこれまでいませんでした。もそっと早く気付き、破門にすべきでした」

ふっふっふ
塩野義佐丞が含み笑いをした。

「なんぞ魂胆な、ないこともない」

「芽柳派の乗っ取りでございますか」

「かような集いを乗っ取るか、考えもせなんだが北村おりょう様と一緒に続けるのも悪くございませんな」

「へどが出るほどに腹立たしい言葉です」

「へなどとおりょう様には似合わぬ言葉じゃな。塩野義佐丞、いささか大いなる考えがあって、おりょう様の体とこの望外川荘と芽柳派を頂戴することにした」

「塩野義佐丞、そなた、城中では同朋頭じゃそうな。代々塩野義家は老中方の文遣いなどを為し、表と中奥の秘密を握って、分も弁《わきま》えず陰で力を揮っておいでとか。さような人物とは付き合いたくも顔を見とうもございませぬ」

「ほう、おりょう様はこの塩野義佐丞の正体を承知でしたか」

脇息から上体を起こしておりょうを睨んだ。

二

「赤目小籐次は江戸より放逐した」

姿勢を正した塩野義佐丞が言い放った。

「倅がクロスケの散歩から戻って参ります」

「さあて、どうかな。私が独りでこの望外川荘に戻ってきたと思うてか」

「おや、連れがございますので」

「草燃と楼外の二人を伴ってきた。女子どもを御するくらいには役に立とう」

「駿太郎は赤目小籐次の倅にございます。ただの子どもと思いなさるな」

にたり、と嗤った塩野義佐丞が言い放った。

「駿太郎の父親は、赤目小籐次に討たれた須藤平八郎という名の浪人刺客であったな」

「そ、そなた、そこまで承知か。許せませぬ」

おりょうは懐剣に手を掛けた。

「おりょう様、おやめなされ。わが配下の者どもがそろそろ姿を見せる刻限にございます。今晩この刻限を以て望外川荘とおりょうはわがもの」

塩野義佐丞が宣告した。


その時、クロスケが猛然と船着場に向って吠えた。

駿太郎とお夕は提灯の灯りが激しく揺れるのを見て、走り出した。

船着場ではあいが草燃こと六ッ本小三郎と、楼外こと能年屋与右衛門の二人に囲まれていた。芽柳派の歌会の場で口論を為し、危うく摑み合いの喧嘩に発展しようとした二人だった。

（やはり口論した二人はなにか企んでいた）

駿太郎は勘があたっていたことを改めて思った。

「駿太郎さん、しばらくこちらにてお待ち下され」

大小を差した六ッ本小三郎が片手を刀の柄《つか》に移して駿太郎を制した。

「駿太郎さん、だれなの」

お夕が駿太郎に質した。

「母上の門弟です。話を聞いたでしょう、母上の歌会の場で喧嘩をした二人です、お夕ちゃん」

駿太郎の言葉にお夕が考え込み、あいが言った。

「喧嘩はうそですよ。この二人、邪な考えがあっておりょう様の歌会の邪魔をしたのです」

「あいさん、邪な考えってなんだ」

「それはこの二人に聞くことね」

「娘が二人に増えた。こちらの娘は望外川荘で見かけたこともないがな、どうしたものか、楼外」

お夕を見ながら六ッ本小三郎が仲間に尋ねた。

「草燃さん、まずは三人を季庵様の前に引き立てようではないか」

馬飼町の公事宿の嫡男ながら遊び人の能年屋与右衛門が言い放った。

「待てしばし、季庵様が師匠を手懐ける刻限がいろう」

「手懐けるね、悪くない行いのことですか」

「少なくとも歌会より面白かろう。赤目小籐次もおらぬ間のお遊びじゃ」

二人は相手が女子どもと思ってか、何事か嗤い合った。

駿太郎はおりょうが危ない目に遭っていると考えた。

その瞬間、咄嗟に行動していた。

腰の小さ刀を抜くと六ッ本小三郎目掛けて踏み込み、柄にかけた右手首を、
ぱあっ
と斬り放った。

この数年、赤目小籐次に来島水軍流の動きと技の初歩を教え込まれてきた駿太郎だ。なかなか大胆果敢な攻めだった。

「あ、嗚呼」

駿太郎を子どもと思い油断した六ッ本小三郎が、不意打ちに斬られた右手をもう一方の手で抱え、

「楼外、な、なにをしておる。駿太郎を取り押さえよ」

と命じたとき、すでに引き綱を放たれていたクロスケが与右衛門の足首に嚙み付いていた。

「く、くそっ。六ッ本の旦那、犬に嚙まれた」

駿太郎は小さ刀を峰に返すと、二人の肩口や腕を繰り返し叩いてその場に転がし、戦意を喪失させた。

「た、助けてくれ」

クロスケに足首をがっぷりと嚙み付かれた与右衛門が嘆願した。

「許せぬ。母上になにを為す気か」

「おれたちではない。季庵さんの話だ」

と与右衛門が言い、

「駿太郎さん、おりょう様が危ないわ」

とあいが言い、

「よし、この二人は放っておこう。あいさん、お夕ちゃん、クロスケ、母上の元へ戻るぞ」

と宣告すると抜き身の小さ刀を構えて船着場から望外川荘の敷地へと走り出し、

クロスケが、あいが、お夕が続いた。

おりょうは抜き放った懐剣を構えて塩野義佐丞と対峙していた。

「無益な抗いもまた一興、おりょう、北村里桜師匠、大いに暴れなされ、わが腕の中でな」

塩野義佐丞がおりょうを座敷の隅に追い詰めようとした。

そのとき、ばたばた、と足音が望外川荘に響いた。

「ほれほれ、わが手下どもが加勢に駆けつけたわ。もはやそなたは雪隠詰め」

塩野義佐丞が笑ったとき、おりょうの顔に喜びが走り、次の瞬間、恐怖へと変わった。

一方佐丞は手下が駆けつけたと思った。

おりょうの目に最初に飛び込んできたのは駿太郎ら三人とクロスケだった。そして、次にその背後に黒衣の七人が訝しくも闇の中から溶け出すように姿を見せたのを認めた。

「駿太郎、あい、お夕ちゃん、私に構わず逃げなされ！」

おりょうが叫び、駿太郎らも背後に迫った黒衣の七人の姿を見た。だが、駿太郎は決然と言い切った。

「母上、お助け致しますぞ」

駿太郎が小さ刀を構え直し、草履を脱ぎ放つと縁側に飛び上がった。

クロスケが甲高い声で吠えた。警戒の声だった。

「クロスケ、あやつらを座敷に上げるでないぞ！」

と命じた。

クロスケは駿太郎の言葉が分ったように、

うう一っ

と七人に向き合って唸り声を上げて威嚇した。

船着場では見せなかったが背筋の黒毛が逆立っていた。

「あいさん、お夕ちゃん、逃げるのだ」

駿太郎は命じると、塩野義佐丞とおりょうの間に割って入ろうとした。

「いやよ」

お夕の声が駿太郎の背でした。

「草燃と楼外め、どうやら子どもと思うて手加減し、反対に駿太郎にやられおったか、役立たずどもが」

同朋頭が吐き捨てた。

「歌会の場の喧嘩口論沙汰はやはりそなたの浅知恵でしたか。なにを企んでおられますか」

「芽柳派の中に分派を作っておこうと思うたが、あの二人はなんの役にも立たなかったわ」

佐丞が吐き捨てると、黒衣の七人に向い、

「娘二人と犬を始末せよ」

と非情にも命じた。

「塩野義佐丞、わが亭主どのを酔いどれ大明神と奉り、寺社奉行のお叱りを受ける羽目に陥らせ、江戸におられぬように企てたのもそなたですね」

「ほう、ようも気付かれたことよ」

「なぜさようなことを」

おりょうは塩野義佐丞をなんとか自分の方へと引き寄せ、あいとお夕の二人に関心が向ぬようにと話しかけた。

「おりょう、知らぬほうがよかろう。赤目小籐次が江戸にいては邪魔と考える幕閣の方々もおられる」

庭から悲鳴が上がった。

「クロスケになにをするのよ」

お夕の声だ。

あいとお夕を守ろうと威嚇をするクロスケに、女が鉄菱《てつびし》を投げ打ち、クロスケは横っ飛びに逃げようとしたが脇腹に鉄菱が当たって、その場に叩き付けられるように転がり落ちた。だが、クロスケは健気《けなげ》にも悲鳴は上げなかった。

女が新たな鉄菱をクロスケの顔に向って投げようとしたとき、どこからともなく風を切る音が伝わってきた。

その瞬間、地面を這うように飛来した竹とんぼが急に上昇に転じて女の手首を、
ばあっ
と掻き斬った。

「あっ」

と女の手から鉄菱が落ち、血しぶきが散った。

「何者か」

黒衣の七人を率いる一人が闇に向って叫んだ。すると望外川荘の茶室、不酔庵の背後から小柄な影が姿を見せた。

「赤目小籐次」

「いかにも赤目小籐次にござる」

と応じた小籐次が破れ笠に刺していた残りの二本の竹とんぼを抜くと、闇と体に隠しながら次々に飛ばした。

竹とんぼは地表を這って飛んでいく。

「女、過日それがしの手に残した懐剣を貰いにきたか」

小籐次の腰には次直と、女が研ぎにと願った錦の古裂の袋に入っていた守り刀があった。小籐次を油断させようとした曰くありそうな守り刀だった。

「この守り刀、同朋頭風情の手下には不釣合いの大名道具じゃ、どこぞのお姫様の嫁入り道具と見た。下賤の女には勿体ないわ」

と言いつつ小籐次が七人との間合いをいつの間にか詰めていた。

その間にも二つの竹とんぼは左右に分かれて地表を飛来して、不意に蛇が鎌首を持ち上げるように地表から上昇した。そして、その一本に気付いた女が、
ちらり
と飛来物に目をやった隙に小籐次の手が翻り、守り刀の柄に手をかけて抜き上げると、手首を捻って投げた。

うっ
険の籠った視線を女が向け直した瞬間、小籐次の投げた守り刀が胸に突き立った。続いて竹とんぼが頬を切り裂いていた。

「嗚呼」

と女は悲鳴をもらしつつ、力が抜けていく足腰をどうすることもできないままにその場に崩れ落ちた。

「女、守り刀は確かに返したぞ。じゃが、三途の川まで携えていくには勿体ないわ。この赤目小籐次が研ぎ直して、持ち主に返そうか」

と言い放つと、六人の黒衣の中へと自ら踏み込んだ。

「おのれ、わが娘鈴丸《すずまる》を無残に殺めおったな」

黒衣組の頭分の剣術家池田谷五郎蔵《いけだやごろぞう》が小籐次を憎しみの眼で見た。

「そなたの娘であったか。じゃが先に仕掛けたのはそなたの娘ぞ。過日はそれがしを、ただ今はクロスケをな」

「鈴丸の仇を討つ。赤目小籐次を一気に屠《ほふ》れ」

と池田谷五郎蔵が手下に命じた。

「来島水軍流、ひと差し舞うてみようか」

小柄な体が沈み込んでいった、だが、次直は未だ鞘の中だ。その体を黒い靄が包んだ。

あいとお夕は鉄菱に打たれたクロスケの傷を調べた。

望外川荘の行灯の灯りがかすかにクロスケの傷を浮かび上がらせた。虚空に飛び上がり、体を捻った時に打たれた鉄菱は正面から直撃しなかった、クロスケの脇腹を掠めていた。ために致命傷にはなっていなかった。

「クロスケ、しっかりして」

「頑張るのよ」

あいとお夕の励ましがクロスケの新たな闘争心に火を点けた。あいとお夕の手を振り切り、立ち上がって力強く吠えた。

クロスケの声を聞いた小籐次が、

「クロスケ、駿太郎に加勢しておりょう様の身を守るのじゃ」

と命じた。

言葉を理解したクロスケが一気に座敷へと走り出し、あいとお夕もクロスケに従った。

「赤目小籐次め、江戸を離れて遍路旅にてほとぼりを冷ますというのは虚言であったか」

「塩野義佐丞、城中での職分を忘れ、なにやら画策したようですね。わが主どのはそのような愚かな策は見逃されませぬ。酔いどれ大明神に奉り、寺社奉行からお叱りを受けて江戸から赤目様を放逐したつもりでしょうが、わが主様はお見通しです。かように江戸におられ、そなた方が望外川荘に現れるのを待っておられたのでございましょう」

おりょうの言葉に、

「おりょう様、事情を知らせずにそなたの前から消えたことを詫びようか」

と言う小籐次の声が庭先から聞こえてきた。

「主様、敵を騙すにはまず味方からと申します」

「そのことよ」

と応じた小籐次の声が黒衣の輪の中から響いた。

「おのれ！」

塩野義佐丞が脇差を抜きながら気を集中させた。代々塩野義家に伝わる摩訶不思議な、

「身隠し分身の秘術」

だ。

佐丞のゆらゆらと揺れ動く体から靄のようなものが漂ってきて、行灯の灯りに照らし出される佐丞の五体を靄の中に秘そうとした。

佐丞の体が靄に溶け込む前になんとかせねば、と駿太郎は思ったが、手立てが見つからなかった。

「父上」

駿太郎が小籐次に助けを求めた。

小籐次もまた黒い靄に囲まれていたが、座敷の状況は見抜いていた。

「同朋頭佐阿弥どのは妖しげな術を承知よのう。武士《もののふ》の気概を忘れ、腰の刀は飾りと堕した城中では通じても、この酔いどれ小籐次が鍛えた一子駿太郎には通ぜぬわ」

駿太郎は小籐次の言葉に落ち着きを取り戻した。

ふっふっふふ

佐丞の口から含み嗤いが漏れた。

「とはいえ、わが手下に囲まれた酔いどれ爺じゃ。大言壮語できても手も足も出せまい」

二人の会話を聞きながら駿太郎は、おりょうを守るように立ちふさがり、靄に消え行かんとする佐丞の正体をじいっと凝視し、妖術の推移を見極めようとした。

ふたたび佐丞は、変化《へんげ》しようとしていた。

小籐次は常々駿太郎に、

「物事の虚実は眼で見るのではのうて心眼で見よ」

と教えた。

靄の向うに消えていこうとする佐丞が虚実に二つに分かれるのを駿太郎は見ていた。いや、同時に塩野義佐丞の体が一つ、最前と同じ場所に残っていた。駿太郎の前に三人の佐丞がいた。

(どれが実でどれが虚か)

駿太郎は迷いつつもひたすら心眼で塩野義佐丞の正体を知ろうと試みた。だが、駿太郎には判断がつかなかった。

その瞬間のことだ。

駿太郎の視界に黒い影が、クロスケが飛び込んできて、これまで佐丞が立っていた場にゆらゆらと立つ佐丞の足首に喰らいついた。

人よりも鋭い直感の持ち主のクロスケには塩野義佐丞の詐術など利かなかったのだ。それに鉄菱に脇腹を打たれたクロスケは憤激していた。無我夢中でおりょうと駿太郎の前に漂う、妖しげな気配の核心に向って飛びかかり、

がっぷり

と足首を咥えこんだ。

「あ、離せ。離さぬか、犬畜生が」

佐丞の秘術はクロスケに嚙まれた痛みに利かなくなった。

「母上、ご覧くだされ。もとの場所にいるのです」

と叫んだ駿太郎が小さ刀を揮って、佐丞の肩口を袈裟懸けに斬りかかった。

「長年かかって育ててきた芽柳派の歌会に愚かな考えを流してようも邪魔してくれましたな」

おりょうが片手に構えていた懐剣にもう一方の手を添えて、ゆっくりと間合いを詰めると、

「分を知れ」

と憤激の言葉とともに佐丞の腹に突き立てた。

三

あいとお夕の二人は、おりょう、駿太郎、クロスケの戦いを庭先から見ていた。

佐丞を中におりょうと駿太郎とクロスケが一つに絡み合っていた。

「母上、もはやようございます」

駿太郎は、おりょうが突き立てた懐剣を握る手を抑えた。おりょうが駿太郎の声に平静を取り戻し、懐剣の柄から両手を離した。すると塩野義佐丞の体が、
よろよろ
と腰から砕け落ちていった。

「父上、塩野義なる門弟、母上、クロスケと一緒に成敗しましたぞ！」

駿太郎の勝鬨《かちどき》を小籐次は、黒い輪の中で聞いた。

「佐丞はわが家族に斃された。そなたら、犬死致すか」

小籐次が囲んだ輪の六人に呼び掛けた。

「許せぬ」

頭分の池田谷五郎蔵が応じた。

「赤目様、憐憫をかける相手ではございますまい」

中田新八の声がして、おしんと一緒に六ッ本小三郎と能年屋与右衛門を引き立てて姿を見せた。これで完全に形勢が逆転した。二人は駿太郎に不意を突かれて怪我を負い、よろめき逃げるところを新八とおしんに捕まったのだ。

「頭」

小籐次を囲んだ六人の一人が頭分に、

「逃げ時だ」

と願った。

「われらの願望を潰した赤目小籐次、許せぬ」

娘の鈴丸を小籐次に殺された父親は憎しみを募らせていた。

「こやつを始末せよ」

と最後の命を下した。だが、もはや後ろ盾の同朋頭塩野義佐阿弥を失った面々に戦う意思は失せていた。

「臆病者めが！」

鈴丸の父親池田谷五郎蔵が小籐次の前に一歩出て、一対一の戦いを為す構えを見せた。ために六人の黒い輪が歪《いびつ》になった。

「塩野義佐丞風情に殉ずることもあるまい」

「抜かせ」

輪の中で平然として腰を落とし、刀の柄に手さえかけようとしていない赤目小籐次を間合いに捉えた。

池田谷五郎蔵が構えた刀を水平に小籐次に向け、突進してきた。地面を這うような鋭い突きだった。

望外川荘の座敷の行灯の光を映して、剣の切っ先が橙色に光っていた。

駿太郎もおりょうも無為に立つ小籐次が突き刺されると思った。

寸毫《すんごう》の間に突き立てられようとする切っ先の前で、なんと小籐次の体が緩やかに舞った。

突きの切っ先が迫り、刃六本に囲まれてなんとも無謀な動きに思えた。

手を拱《こまね》いて逃げ道を探っていた五人が思わず構えた剣を小籐次に向って突き出し、斬りかかった。

その直後、新八とおしんは不思議な光景を目にすることになった。

小籐次はいつの間に次直を抜いたか、相手の剣が次々に跳ね飛ばされて虚空に舞い、最後に池田谷五郎蔵の胴に、

びしり

と決まり、六つの黒い花弁が散った。

だが、峰に返された次直の攻めだ。血飛沫《ちしぶき》は立たなかった。

酔いどれ小籐次の玄妙な来島水軍流が迅速な影の六剣を制した。

小籐次の口から、

「来島水軍流　漣《さざなみ》、峰打ち黒花散らし」

の声が漏れた。

数瞬の沈黙のあと、小籐次の言葉が響いた。

「新八どの、おしんさんや、おりょう様と駿太郎とクロスケが同朋頭塩野義佐阿弥は成敗したがこやつらが残っておる。なぜわしを酔いどれ大明神に奉り、江戸から放逐しようと企てたか、この者たちに問えば白状しよう」

小籐次の言葉におしんが、

「表と中奥を闇から支配してきた同朋頭塩野義佐阿弥が生きておれば、冷や汗をかく幕閣の方々もおられましょう。同朋頭の手下どもがこれだけおれば、酔いどれ大明神奉りの真相くらい解明できましょう」

と答え、新八が二本の指を口に差し入れると、

ぴゅっ

と夜空に向って吹いた。するとどこぞに待機していた老中支配下大目付の役人らが捕り物仕度も物々しく姿を見せた。

「赤目様、後始末はわれらにお任せくだされ」

「願おう」

小籐次の言葉で騒ぎの幕が下ろされた。

半刻後、望外川荘の座敷では小籐次、おりょう、駿太郎、あい、お夕がいつもより一刻半以上遅い夕餉を始めようとしていた。

おりょうが小籐次の盃に温めに燗をした酒を注いだ。

「長い一日であったな」

と応じた小籐次が盃の酒を呑み干し、空の盃をおりょうに差し出した。

「私にも酒を飲めと」

「もはや芽柳派の憂いのタネは消えた」

小籐次がおりょうの盃を満たした。だが、おりょうの顔は晴れやかではなかった。

「おりょう様、未だ危惧が残っておるか」

おりょうは盃を手に迷っていた。

塩野義佐丞が駿太郎の実の父親の名を承知していた事実を、この場で話すべきかどうか迷っていた。

「あれば話されるがよい。ここに集う五人は家族同然、いや、家族ゆえな」

小籐次の言葉におりょうの迷いは消えた。

塩野義佐丞の口を封じたのは、駿太郎とおりょうだった。ならば今更小籐次に、いや、駿太郎にそのことを告げる要はないと考えた。

「酒《ささ》を飲み、箸を使いながら私の話を聞いてくれますか」

考えを整理したおりょうが四人に願い、手にした盃の酒をゆっくりと口に含んだ。四人はおりょうがなにを言い出すかと沈黙のままに待った。

「本日の集いは、あの者があれこれと醜聞を門弟衆の間でまき散らしたせいで、面白半分に大勢の人数が集まりました。派を始めた当初からの門弟衆の何人かは風聞を信じたか、お見えになりませんでした。おそらく次の歌会は本日の半分とはお集まりではございますまい」

おりょうは盃に残った酒を飲み干し、小籐次に盃を返すと新たな酒を注いだ。

「このところいささか門弟衆の数が増え過ぎておりました。この際です、当初の志に戻り、真に連歌を楽しまれるお方だけで出直そうかと思います。芽柳派の歌会をしばらく休みます」

おりょうの言葉を吟味した小籐次は大きく頷いた。

「われら三人の家族が暮らしていければよいことじゃ」

「はい」

おりょうは、佐丞が駿太郎の実の父親が須藤平八郎であることを、その者を斃した人物が赤目小籐次であることを承知していた事実をわが胸に仕舞い込んでおこうと決心した。だが、この場でそのことを承知している人間がいた。

当の駿太郎とお夕だ。二人はおりょうがなにを迷ったか知る由もなく、二人もまた秘密にすることを考えていた。

「お夕ちゃん、未だ迷っておられますか」

あいが話題を変えるようにお夕に聞いた。

お夕がなんですかという表情であいを見た。

「いえ、お夕ちゃんの奉公のことです」

「ああ、そのことですか。一時《いっとき》甘い物屋さんになろうかと思いました。でもそれは止めました」

「どうしてじゃ、お夕ちゃん」

駿太郎がお夕に尋ねた。

「私、やっぱりお父つぁんと同じ錺職人になりたい」

「分ったぞ」

「駿太郎さん、なにが分ったというの」

「お夕ちゃんと二人、拐しに遭ったとき、お夕ちゃんは芝の新兵衛長屋に戻ったら、お父つぁんの仕事をしようと決心したんだ。だってたちばな屋で見せてもらった桂三郎さんの細工物は綺麗だったもの」

駿太郎の言葉にお夕が頷いた。

「錺職は力仕事ではないわ、女にもできると思うの。でもおっ母さんは、職人の仕事は女には出来ないと言い張るの」

駿太郎が小籐次を、そして、おりょうを見た。

小籐次は黙って盃の酒を舐めるように飲んでいた。

「お夕ちゃんが桂三郎さんの仕事を継ぐのはいい話だと思います。きっと桂三郎さんも喜ばれると思います。このことどう思われますか」

おりょうが小籐次に尋ねた。

「お夕ちゃんの気持ちはもはや変わらぬか。物を作る手仕事は世間にいくらもあるぞ」

「赤目様、私はなにも知りません。ただ私はお父つぁんの造る桜の花や黄金虫や貝殻をあしらった簪《かんざし》笄《こうがい》の美しさを知っているだけです」

「職人の修業は一年二年では終わらぬ、生涯続くものじゃ。お夕ちゃんにその覚悟があるかな」

「あります」

とお夕が即答した。それでも小籐次はお夕に質した。

「そのうちお夕ちゃんに好きな人が出来るかもしれぬ。その折、亭主になる男は、お夕ちゃんが職人仕事を続けるのを嫌がるかもしれぬぞ」

「父上、そんな男のお嫁さんにお夕ちゃんはなることはないです」

駿太郎が勢い込んで言った。

「仮の話じゃ。そのようなことも出てこようと言うておるのだ」

「ならば私、錺職人の道を選びます」

「さてどうしたものか」

「おまえ様の出番ではございませんか」

「いや、これはおりょう様、そなたの役目と思うがな」

「母上は桂三郎さんの仕事を存じておられませぬ。たちばな屋に出向かれて桂三郎さんの造った簪笄を見て下さい」

「駿太郎、それが先でしたね」

「それで得心したら父上と母上が桂三郎さんとお麻さんに話せばよいのです」

駿太郎が話を仕切り、

「相分った」

と小籐次が返事をするしかなかった。

翌日、小籐次はおりょう、駿太郎、お夕を伴い、小舟で須崎村の望外川荘の船着場を離れた。

「クロスケ、しっかりと家を守るのだぞ」

駿太郎がクロスケに言い聞かせた。

鈴丸が投げた鉄菱で脇腹を打たれたクロスケの傷口には毒消しの入った傷薬が塗られ、胴体を晒し布で巻かれていた。傷の程度にしてはいささか大げさだったが、用心に越したことはないというおりょうの言葉に小籐次が傷口を焼酎で洗い、森藩の下屋敷に伝わる何種かの薬草を練り合わせた軟膏を塗って治療した。

あいといっしょに須崎村に残ったクロスケが、いつものように元気にわんわんと吠えて一行を見送った。

小舟は隅田川に出ると流れに乗ってゆっくりと下って行った。小舟には研ぎ道具が載せられておらずいつもより場所が広く、おりょうを真ん中にしてその前に駿太郎とお夕が並んで座っていた。

「父上、母上、風もなく穏やかな天気にございます」

駿太郎が雲も見えない澄み切った青空を見上げた。

鳶《とんび》が一羽気持ちよさそうに緩やかに吹く風に乗って飛んでいた。

「いかにも気持ちのよい朝じゃ」

「家族でいっしょに小舟に乗るなんていつ以来のことでしょう」

「このところおりょう様もそれがしも騒ぎに巻き込まれていたでな。このようにゆったりとした気持ちになったのは久しぶりだ」

小籐次が応じ、小舟は長閑《のどか》にも流れを下って行く。そして、大川から日本橋川に小舟を乗入れた小籐次は、日本橋近くに小舟を舫う場所を見付け、一行は日本橋の北詰めに上がった。

お夕の父親が品物を収める小間物問屋橘屋喜左衛門方、老舗《しにせ》のたちばな屋は十軒店本石町《じっけんだなほんごくちょう》にあった。たちばな屋の得意先は大身旗本や大店の女衆で、代々の客が多かった。

「あそこがたちばな屋さんです」

お夕がおりょうに教えた。

小籐次は、お夕と駿太郎が拐しに遭った騒ぎの折、たちばな屋を訪ねていたので承知していた。だが、おりょうは初めての訪いだった。

「ご免下され」

本日は破れ笠もなく、さっぱりとした小袖に裁っ付け袴を穿いた小籐次が店の前で声を発した。

「おお、これは酔いどれ大明神、いえ、赤目小籐次様のご入来でございますか」

番頭の草蔵が帳場格子の中から出てきて、おりょう、駿太郎、お夕の連れに気付いた。

「おや、お夕ちゃんが赤目様方を案内してこられたか」

と言いながら草蔵の眼がおりょうに向けられた。

「もしやおりょう様ではございませぬか」

「いかにも北村りょうにございます」

小籐次とおりょうの間では夫婦《めおと》の契りを結んでいた。だが、芽柳派を主宰するおりょうの立場を考えて、夫婦になる前の北村おりょうで世間には通すことを小籐次の考えで決めていた。

この朝、おりょうは取決めに従いこう答えながらも、北村おりょうから赤目おりょうへ変えるべき時期が来ていると思ったりした。そんなおりょうの迷いなどを他所に草蔵が、

「天下の酔いどれ小籐次様と歌人のおりょう様がごいっしょにお出でとはまたなんでございますかな。近頃、赤目様は酔いどれ大明神になられたとか、神様が歌人を連れてご入来、いささか緊張しますな」

「酔いどれ大明神など戯言じゃぞ、番頭どの」

「ささやかな買い物がございます」

と小籐次とおりょうが応じ、

「その前にお夕ちゃんの父御の桂三郎さんが作られた錺道具を見せて頂くわけには参りませぬか」

とおりょうが願った。

「ほう、桂三郎さんの造った品におりょう様が関心を持たれましたか」

「ここにおる中で私だけが桂三郎さんの品を知りませぬ。かような機会にと思い、お邪魔しましたが無理でございましょうか」

錺職人が造る品は、襖《ふすま》の引き手、釘隠し、屏風金物、格子天井金物、さらには馬具の鐙《あぶみ》まで多種多様であった。だが、桂三郎が造った品を扱うたちばな屋は、髪飾りの櫛笄簪など女性の持ち物が主であった。

「桂三郎さん名指しの注文は、嫁入り仕度の櫛笄簪などが多うございましてな、大半が馴染みのお客様からの注文にございます。それでもうちは、これはと思うものを大切にとってございます。お目に掛けますでな、まず店座敷にお上がり下さい」

草蔵が四人を大事な客を応対する店座敷に上げて、茶を供した上で、草蔵に命じられた手代二人が桂三郎の造った品十数点をおりょうの前に広げた。

一点一点が柔らかな布で丁寧に包まれていた。その布が次々に広げられていった。

「おお」

おりょうが感嘆の声を上げ、次々に現れる桂三郎の繊細な色使い、巧妙な技の品に見入った。派手ではないが華やかな世界が小さな道具の中に広がり、桂三郎の色彩造形感覚の鋭さと高い技量におりょうは圧倒された。

櫛には貝殻をあしらい、白い花びらが散っていた。また簪には木の枝に留まる黄金虫、蝶々などの斬新な意匠が見られた。

「私はお夕ちゃんの父御の手仕事を知らずして生きてきました。恥ずかしいことにございます」

と漏らしたおりょうが草蔵に、

「番頭どの、手にとってようございますか」

「どうぞ」

草蔵の許しに、おりょうは包まれていた布といっしょに一本の簪を手にした。珊瑚玉《さんごだま》を使った金銀細工だが、決して華美に走らず渋さの中に煌めくように珊瑚があった。

「見事なものです」

おりょうが感嘆した。

小籐次らはたちばな屋に半刻以上もいて、おりょうは桂三郎作のものではないが簪櫛笄一組をそれなりの値段で買い求めた。

小籐次が、

「おりょう様がお使いになるのか。ならばこちらに願い、桂三郎さんに造ってもらえばよかろうに」

「桂三郎さんのお道具は値が付きません」

と笑ったおりょうが、

「あいが今年限りでうちの奉公を辞めます。なんぞお礼をと思っていたのです。本日、お夕ちゃんの父御の作を賞玩したついでに購いました」

「おお、あいへの贈り物であったか。きっとあいも喜ぼう」

と答えた小籐次らは支払いを済ませ、たちばな屋の店を出た。

草蔵はその姿を見送りながら、

「はて、赤目小籐次様とおりょう様の用事はあの買い物であったのか。それとも桂三郎さんの品を見ることであったのか」

と呟いて首を傾げた。

四

若年寄は、老中の補佐役であった。また老中が支配する以外の役人と旗本を統括した。月番制で役料はない。

幕閣の中で老中に次いで若年寄は最高の役職に見られたが、この二つの職階には極楽と地獄、雲泥の差があった。老中が若年寄を使う様は、まるで家臣のようであった。

植村家長はその若年寄職を二十三年も勤めていた。七十を前にして一度は、

「老中」

と呼ばれる身分になりたいという強い願望を抱いてきた。

(ひょっとしたら)

と家長に期待を持たせてくれる者が現れた。

同朋頭塩野義佐阿弥であった。

佐阿弥にはいろいろと黒い噂が飛んでいた。なぜか表と中奥に人脈を持ち、低い身分とは別の力を持つ人物として知られていた。もちろんその力が表立って行

使されることはない。そんな風聞が城中に流れ、いつしか定説化していた。

この佐阿弥が家長に話を持ちかけた。

「そなた様が老中に昇進するためには一人空《あき》を作らねばなりません」

という誘いの言葉を発した。

家長が同朋頭の顔を凝視した。その凝視を平然と受け流した佐阿弥が、長年老中に君臨する丹波篠山藩主青山忠裕を辞職させる手立てがあるというのだ。そのためには青山の背後に控えて、力を揮う赤目小籐次を離反させねばならない。その策も考えてある。

「いくらか申せ」

と問うと、

「まずは五百両を用意しなされ」

と佐阿弥がはっきりと答えた。

家長は迷い、考えた末に佐阿弥の申し出に乗った。しばらくすると、研ぎ仕事をして裏長屋に暮らすという赤目小籐次の周りに奇妙な現象が起こっているという話が、家長の耳に聞こえてきた。

なんと赤目小籐次が酔いどれ大明神に奉られ、多額の賽銭を得ているという話を家臣が家長に伝えた。

（酔いどれ大明神とは一体全体どういうことか）

登城した折にその旨を佐阿弥に質すと、

「植村様、これは赤目小籐次の評判を傷つける第一歩にございますよ。人というものお金には弱いものにございます。研ぎ仕事は一日何百文の稼ぎ、それが酔いどれ大明神と人に敬われ、多額の賽銭を得ているうちに、どのような行いを為すかおよそ知れたものでございますよ。なにより植村様もお勤めになった寺社奉行がさような行為を見逃すわけにも行きますまい。赤目小籐次になんらかの沙汰を出さざるを得ない。となれば老中青山様も赤目小籐次の力を借りるわけには参らなくなります」

「その手があったか。しかしそううまくいくものか」

「いきます、いかせます。その上で青山老中の醜聞を城の内外に流します。まあ、この塩野義佐阿弥のお手並みを拝見あれ」

と自信たっぷりに返事をしたものだ。

その塩野義佐阿弥からこの数日、全くつなぎがなかった。

（あやつ、なにをしているのか）

若年寄の御用部屋で控えていると茶坊主が家長のもとへやってきて、耳元に囁いた。

「植村様、同朋頭の佐阿弥が御用部屋にご足労願いたいと申しております」

「なに、同朋頭の御用部屋とな」

若年寄は老中と同様に老中口近くに下部屋があり、また老中の御用部屋の隣りに執務室が与えられていた。ゆえに佐阿弥はわざわざ御用部屋に呼び出したかと自らに言い聞かせながら、茶坊主に従った。そこは表と呼ばれる大名、旗本衆が登城の折に使う御用部屋の一つではなく、控えの間であった。

（佐阿弥は気を利かせおったか）

家長は茶坊主に指示された座敷に足を踏み入れた。無人であった。

（どこにおるのだ）

と座敷を見回していると、すうっ、と次の間の襖が開いた。

「佐阿弥、そこにおったか」

家長が次の間に向うと、継裃《つぎかみしも》姿の人物が巻紙を手に書状を認めていた。

なんと老中青山忠裕ではないか。

「失礼仕《つかまつ》りました。部屋を間違いましてございます」

と慌てて粗相を詫びた植村家長が、

（茶坊主め、間違いに事欠きおって）

と怒りを抑えてその場を去ろうとすると、

「間違えてはおられぬ」

の一語が青山から戻ってきた。だが、青山はそれ以上の言葉を発することなくひたすら筆を走らせ続けた。

家長は致し方なく座敷の端に座った。

すると座敷の隅にもう一人控えていた。城中にはいささか不釣合いな着古した衣服を着け、腰に脇差を差した大顔の人物であった。

家長は会釈すべきかどうか迷っておると、大顔に笑みが浮かんで会釈した。

「御自分、その者を承知か」

青山忠裕が家長に質した。老中が若年寄を呼ぶとき、御自分あるいはおまえと呼び捨てにした。

「いえ、存じませぬ」

「おかしいのう。おまえの知りあいの同朋頭佐阿弥はよう承知であったぞ」

「おまえ様の仰《おつしや》りつけ、この家長察しがつきませぬ」

「赤目小籐次、世間では酔いどれ小籐次の異名で知られた人物よ」

「な、なんと酔いどれ小籐次が城中に」

「おかしいか」

「赤目小籐次は市井《しせい》の浪人者、それが城中の表におるなど訝しゅうございます。この者、酔いどれ大明神と称して賽銭を懐に入れておった人物にございますぞ、おまえ様」

「御自分、よう赤目のこと承知ではないか」

「いえ、それは」

「本日、赤目小籐次がこの場にあるはいささか曰くがある。自らの意思とは反して酔いどれ大明神に奉られ、賽銭を上げられた六百両のすべてを御救小屋の費えとして公儀に差し出した行いが、どういうわけか上様のお耳に届いたそうな。上様が酔いどれ小籐次の顔が見たいと申されたゆえ、庭先でのお目見が叶った。ゆえにかく城中にある」

と説明した忠裕がいきなり話題を転じた。

「そなたと昵懇《じっこん》の同朋頭塩野義佐阿弥は身罷《みまか》った」

「はっ、な、なんと仰せでございますか」

「植村家長、耳も遠いか。佐阿弥は同朋頭にもあるまじき所業を犯したゆえ、赤目小籐次の一子と連れが始末した」

青山忠裕の言葉が家長の耳を素通りした。頭が、かあっ、と燃え上がった。

(一体全体なにが起こったのか)

「御自分が佐阿弥に五百両を支払った一件じゃ」

家長の舌がもつれたが、必死で抗弁の言葉を探そうとした。

「塩野義佐阿弥は死んだ。だが、佐阿弥に使われていた者たちが佐阿弥とおまえの所業を喋りおった」

「し、知りませぬ」

「この期に及んで申し開きは利かぬ」

青山の言葉は凛然として確信に満ちていた。

部屋を重く苦しい沈黙が長いこと支配した。

「植村家長、二十三年におよぶ若年寄御用に免じて、こたびのことそれがし一人の胸に留める。向後忠義を尽す相手を忘れることなく奉公に励め」

と命じられた家長は、

「ははあっ」

と額を畳に擦り付けて平伏するしかなかった。

この植村家長、二年後に西丸老中格として若年寄より転免することになる。


昼下がり、芝口橋にいつもの賑わいがあった。

江戸に到着した旅人や大山参りなどから戻ってきた講中の一行、大八車に荷を積んでいく人足、下城途中の幕臣らが往来していた。

すると、橋の北詰めに空樽を逆さに置いた読売屋の空蔵がその上に立ち、声を張り上げた。

「さあて、先日来、この芝口橋界隈を始め、江戸の各所で賑わいを見せた酔いどれ小籐次大明神の始末を認めた読売だ。御用とお急ぎのないお方はしばらく足を止めて、この空蔵の口上を聞いていきなされ」

「おい、どうなったよ。酔いどれ小籐次様はよ」

「さあてね、あのお方のことだ。どこにどうおられるのだか」

と野次馬の一人から合いの手を入れられた空蔵が応じて、

「本日まずはお上からのお達しだ。神社仏閣など寺社奉行が認めた以外の場所で行列をなして拝礼し、願かけし、賽銭を投げる行いを禁じるというお触れがあった。いいかえ、山門や鳥居を潜った中で信心を為すんだぜ」

「すると酔いどれ大明神はお終いかえ」

「そういうことだな。だいいちあの酔いどれ大明神の願かけ騒ぎは赤目小籐次様が始めた行いじゃないや」

「じゃだれがあんな真似を仕組んだんだよ」

「そこだ」

「どこだ」

「だからよ、赤目小籐次様の名を傷つけ、貶《おとし》めようという輩が仕組んだ行いなんだよ。それに対して赤目様はこの芝口橋際で投げられた賽銭など六百両のすべてを、予ての広言どおりにお上の御救小屋の費えとして差し出されたんだ。だからお上から赤目小籐次様にはお咎めなしだ」

「きりよく六百両になったか」

橋上の大勢の人々の間から溜息が漏れた。

「ああ、そのうちの五百両は湯島天神の富籤だ」

「なんにしても六百両が賽銭で集まるとはさすがに赤目小籐次様だぜ、豪儀だね、肖《あやか》りたいや」

「ああ、御鑓拝借の武名は伊達《だて》じゃねえってことだ」

空蔵が足を止めた野次馬に応じた。

「だけどよ、姿が見えないな」

「見えませんな」

「おかしいじゃねえか。なんのお咎めもなしならばまた研ぎ仕事を始めるがいいじゃないか」

「よう聞いた、そこの兄さん」

「曰くがあるのか」

「なんたって昨日の今日だ。未だ酔いどれ大明神と思い込んで願かけしてよ、賽銭なんぞを上げるのはお上のお触れに反することだ。そこでよ、赤目様はしばらく間をおいてよ、騒ぎが鎮まったところでまた研ぎ仕事を始められる意向なんだよ。そんな願かけ騒ぎの顛末を事細かに記した読売だ。さあ、どなたも買った買った！」

と空蔵が最後に声を張り上げたが、

「事が終わったあとの話をよ、だれが読むよ」

「ああ、わくわくするような話じゃねえとな、つまらねえ」

と客たちが言い合いながら橋の上から散っていった。

「ちえっ、一枚も売れないかえ。酔いどれネタでも話がな、今一つ盛り上がらないよな」

と言いながら空樽を抱えた空蔵が久慈屋に入っていった。

「ご苦労でしたな、空蔵さん」

久慈屋の大番頭の観右衛門が空蔵を迎えた。

「ご苦労もなにも一枚も売れませんや」

「いえ、こたびの読売は売れる売れないって話じゃない。この酔いどれ大明神騒ぎを鎮めることが眼目ですよ。空蔵さんがそうやって話を江戸じゅうに広げてくれることが大事なんですよ」

「わっしもそのことは承知していますが、なにせ望外川荘の戦いを書けないのがつらい。口上にも力が入らないし、客が買わないのも目に見えている」

「そこですよ。駿太郎さん、おりょうさんの活躍を読売に記せば、城中のどなたかまでつながる話が世間に知れわたる。となるとどなたかが皺腹《しわばら》を掻っさばく悲惨な結末になりますからな。ここはぐっと堪えて、次なる赤目小籐次様の活躍に期待しましょうかね。その売れ残った読売すべて、うちが買い取らせてもらいますよ」

空蔵の前に観右衛門が一両を差しだした。

「いいのかえ、こんなに余った読売をよ、久慈屋が引き取ったって役に立たないぜ」

「なにを仰いますやら。普段から空蔵さんの読売はうちの紙を使ってできたものですよ。うちのお得意先の苦労の品ですよ。うちが買い取り、芝口橋を往来する人に配ります。空蔵さんの商いの邪魔にならないようにね」

「助かった。ならばこの一両ありがたく頂戴しますよ」

一両を受け取った空蔵が読売の束を久慈屋に残して他の場所へと商いに向った。

「手代さん、小僧さん、この読売をね、往来する人々に配って、もはや酔いどれ大明神はお終いだと知らせるのですよ」

という観右衛門の声に国三が小助を呼んで読売を二つに分けて持ち、芝口橋の上に行くと、

「本日は格別読売がただですよ」

と大声を上げて配り始めた。

須崎村の望外川荘に芽柳派の当初からの門弟で信頼のおける前村風吏《ふうり》、佐野青波、与謝野一歩の三人がおりょうに呼ばれた。

おりょうは先日来の騒ぎを師匠として詫び、三人にしばらく芽柳派の集いを休むことを告げた。

「里桜様、せっかくここまで門弟衆が集まり、江戸でも知られた芽柳派にございます。いささか残念なお考えかと存じます」

前村風吏が思いがけないことを聞かされたという顔で発言した。

「風吏さん、連歌の集いとしては百人を超えるのはよし悪しにございます。この騒ぎを機会に門弟衆を少し絞り込んで当初のように歌作に打ち込む集いに変えたく思いました。いえ、半年も休んでおればお止めになる方もありましょう。残った方々だけでまた新たな場をもうけませぬか」

「風吏さん、師匠の気持ち、私には分るような気がします。邪な考えで門弟になられる方もございます。この際、休会して門弟を見極めるのも一つの手かと存じます」

と青波がおりょうの考えに賛意を示した。最後に三人の中でも最年長の一歩が言い出した。

「おりょう様、年寄りのお節介を聞いてもらえますか」

「芽柳派に関わることですか」

「関わりがあると私は思うております」

「なんでございましょうな」

「おりょう様、半年後、芽柳派が再開する折、赤目小籐次様をおりょう様の亭主どのとして皆に披露されませぬか。こたびの騒ぎは別にして、おりょう様が独り者と勘違いして邪な考えを起こす輩が出てくるやも知れませぬ。おりょう様の傍らには天下の赤目小籐次様が控えておられると承知させたほうが、芽柳派にとってもよきことかと存じます」

「おお、それはよい考えです」

風更が賛意を示した。

「一歩さん、風更さん、ありがたいお言葉にございます。常々亭主どのには申し上げるのですが、亭主どのは『それがしのような者がおりょう様の亭主だと知ったら、芽柳派の門弟が減るのではないか』と案じて公にすることを許してくれないのでございます。このことで門弟が減るのなれば、皆さんにご披露することも一案でございますな」

おりょうも小籐次と真剣に話し合うことを三人に約した。ともあれ、芽柳派の半年の休会が風吏、青波、一歩の門弟の間で決められた。

そのとき、小籐次と駿太郎は、神田上水の南側、源兵衛村の百姓家の庭先に莚を敷かせてもらい、二つの研ぎ場を並べて設け、錆びくれた包丁や鉈《なた》や鎌を研いでいた。研ぎ代はどんなものでも十文、銭でなくとも畑で育てた茄子でも青菜でも受け取った。

庭の一角に赤い実をつけた梅擬があって、野鳥たちが群がって啄《ついば》んでいた。梅擬は鳥たちの好物だった。

「父上、これでよろしゅうございますか」

駿太郎が小籐次に研ぎ上げた鎌を見せた。小籐次は駿太郎が研いだ刃を見て、すうっ、と指の平で撫でた。

「駿太郎、眼をつぶり、このように指の平で研いだ鎌の刃を撫でてみよ。ほれ、ここに引っかかりがあろう。やってみよ」

鎌を戻すと駿太郎が小籐次を真似て、

「ああ、研ぎ残しておりました」

と気付き、改めて砥石に向った。

小籐次は名が知れ渡った江戸ではなく、江戸外れを廻り、刃物を手入れすることによりこたびの騒ぎが残した胸のしこりを消しさろうと考えた。そんな話をすると駿太郎も、

「父上、私もいっしょしてはなりませぬか」

と言い出し、おりょうも賛成して二人の研ぎ修行が始まった。

親子は朝早く小舟に道具を積んで遠出をして刃物研ぎを願った。すると最初のうちは小籐次がいくら刃物研ぎと称しても、その隙に泥棒でもすると考えたか、

「ダメだ、ダメだ」

と何軒も何軒も断わられた。だが、何日か通ううちに、

「ならばこの鎌を研いでみよ」

と畦《あぜ》の草刈りに使っていた鎌が突きだされ、その場で小籐次が研ぎ上げると、

「おお、これはほんものの研ぎ屋だぞ」

と信頼し、知り合いを一人二人と紹介してくれるようになった。

そんな親子の研ぎ修行がもう一月続いていた。

小籐次と駿太郎は落穂ひろいのように野良仕事で傷んだ刃物を研ぐ日々をひた

すら続けた。

「父上、日が暮れて参りました」

「おお、気がつかなんだ。もう冬も真近じゃな、田畑を渡る風が冷たいわ。本日はこれにて店仕舞いといたすか」

駿太郎が研ぎ上げた道具を百姓家に届け、研ぎ代として干し柿をもらってきた。

小籐次がふと見ると、梅擬の実はもはや一つも残っていなかった。

「母上が待っておられます」

「また夕餉を待たせることになったな」

二人は流れに止めた小舟に研ぎ道具を積み込むと、江戸川から神田川へと下っていった。

文政六年の晩秋の夕暮れのことだった。

文春文庫

願《がん》かけ

定価はカバーに
表示してあります

新《しん》・酔《よ》いどれ小籐次《ことうじ》（二）

2015年2月10日　第1刷

著　者　佐《さ》伯《えき》泰《やす》英《ひで》

発行者　羽鳥好之

発行所　株式会社 文藝春秋

東京都千代田区紀尾井町 3-23　〒102-8008
TEL　03・3265・1211
文藝春秋ホームページ　http://www.bunshun.co.jp

落丁、乱丁本は、お手数ですが小社製作部宛お送り下さい。送料小社負担でお取替致します。

印刷・凸版印刷　製本・加藤製本　Printed in Japan

ISBN978-4-16-790294-0

佐伯泰英 文庫時代小説 全作品チェックリスト

2015年2月現在
監修／佐伯泰英事務所

掲載順はシリーズ名の五十音順です。品切れの際はご容赦ください。

どこまで読んだか、チェック用にどうぞご活用ください。
キリトリ線で切り離すと、書店に持っていくにも便利です。

キリトリ線

居眠り磐音 江戸双紙 いねむりいわね えどぞうし

双葉文庫

- □ ① 陽炎ノ辻 かげろうのつじ
- □ ② 寒雷ノ坂 かんらいのさか
- □ ③ 花芒ノ海 はなすすきのうみ
- □ ④ 雪華ノ里 せっかのさと
- □ ⑤ 龍天ノ門 りゅうてんのもん
- □ ⑥ 雨降ノ山 あふりのやま
- □ ⑦ 狐火ノ杜 きつねびのもり
- □ ⑧ 朔風ノ岸 さくふうのきし
- □ ⑨ 遠霞ノ峠 えんかのとうげ
- □ ⑩ 朝虹ノ島 あさにじのしま
- □ ⑪ 無月ノ橋 むげつのはし
- □ ⑫ 探梅ノ家 たんばいのいえ
- □ ⑬ 残花ノ庭 ざんかのにわ
- □ ⑭ 夏燕ノ道 なつつばめのみち
- □ ⑮ 驟雨ノ町 しゅううのまち
- □ ⑯ 螢火ノ宿 ほたるびのしゅく
- □ ⑰ 紅椿ノ谷 べにつばきのたに
- □ ⑱ 捨雛ノ川 すてびなのかわ
- □ ⑲ 梅雨ノ蝶 ばいうのちょう
- □ ⑳ 野分ノ灘 のわきのなだ
- □ ㉑ 鯖雲ノ城 さばぐものしろ
- □ ㉒ 荒海ノ津 あらうみのつ
- □ ㉓ 万両ノ雪 まんりょうのゆき
- □ ㉔ 朧夜ノ桜 ろうやのさくら
- □ ㉕ 白桐ノ夢 しろぎりのゆめ
- □ ㉖ 紅花ノ邨 べにばなのむら
- □ ㉗ 石榴ノ蠅 ざくろのはえ
- □ ㉘ 照葉ノ露 てりはのつゆ
- □ ㉙ 冬桜ノ雀 ふゆざくらのすずめ
- □ ㉚ 侘助ノ白 わびすけのしろ
- □ ㉛ 更衣ノ鷹 きさらぎのたか **上**
- □ ㉜ 更衣ノ鷹 きさらぎのたか **下**
- □ ㉝ 孤愁ノ春 こしゅうのはる
- □ ㉞ 尾張ノ夏 おわりのなつ
- □ ㉟ 姥捨ノ郷 うばすてのさと
- □ ㊱ 紀伊ノ変 きいのへん
- □ ㊲ 一矢ノ秋 いっしのとき
- □ ㊳ 東雲ノ空 しののめのそら
- □ ㊴ 秋思ノ人 しゅうしのひと
- □ ㊵ 春霞ノ乱 はるがすみのらん
- □ ㊶ 散華ノ刻 さんげのとき
- □ ㊷ 木槿ノ賦 むくげのふ
- □ ㊸ 徒然ノ冬 つれづれのふゆ
- □ ㊹ 湯島ノ罠 ゆしまのわな
- □ ㊺ 空蟬ノ念 うつせみのねん
- □ ㊻ 弓張ノ月 ゆみはりのつき
- □ ㊼ 失意ノ方 しついのかた
- □ ㊽ 白鶴ノ紅 はっかくのくれない

□ シリーズガイドブック **「居眠り磐音 江戸双紙」読本**
(特別書き下ろし小説・シリーズ番外編
「跡継ぎ」収録)

□ 居眠り磐音 江戸双紙 帰着準備号
橋の上 はしのうえ
(特別収録「著者メッセージ&インタビュー」
「磐音が歩いた『江戸』案内」「年表」)

□ 吉田版 **「居眠り磐音」江戸地図**
磐音が歩いた江戸の町
(文庫サイズ箱入り)
超特大地図=縦75㎝×横80㎝

キリトリ線

キリトリ線

鎌倉河岸捕物控 かまくらがしとりものひかえ　ハルキ文庫

- □ ① 橘花の仇　きっかのあだ
- □ ② 政次、奔る　せいじ、はしる
- □ ③ 御金座破り　ごきんざやぶり
- □ ④ 暴れ彦四郎　あばれひこしろう
- □ ⑤ 古町殺し　こまちごろし
- □ ⑥ 引札屋おもん　ひきふだやおもん
- □ ⑦ 下駄貫の死　げたかんのし
- □ ⑧ 銀のなえし　ぎんのなえし
- □ ⑨ 道場破り　どうじょうやぶり
- □ ⑩ 埋みの棘　うずみのとげ
- □ ⑪ 代がわり　だいがわり
- □ ⑫ 冬の蜉蝣　ふゆのかげろう
- □ ⑬ 独り祝言　ひとりしゅうげん
- □ ⑭ 隠居宗五郎　いんきょそうごろう
- □ ⑮ 夢の夢　ゆめのゆめ
- □ ⑯ 八丁堀の火事　はっちょうぼりのかじ
- □ ⑰ 紫房の十手　むらさきぶさのじって
- □ ⑱ 熱海湯けむり　あたみゆけむり
- □ ⑲ 針いっぽん　はりいっぽん
- □ ⑳ 宝引きさわぎ　ほうびきさわぎ
- □ ㉑ 春の珍事　はるのちんじ
- □ ㉒ よっ、十一代目！　よっ、じゅういちだいめ
- □ ㉓ うぶすな参り　うぶすなまいり
- □ ㉔ 後見の月　うしろみのつき
- □ ㉕ 新友禅の謎　しんゆうぜんのなぞ
- □ シリーズガイドブック「鎌倉河岸捕物控」読本
（特別書き下ろし小説・シリーズ番外編「寛政元年の水遊び」収録）
- □ シリーズ副読本　鎌倉河岸捕物控　街歩き読本

シリーズ外作品　ハルキ文庫

- □ 異風者　いひゅもん

交代寄合伊那衆異聞 こうたいよりあいいなしゅういぶん

講談社文庫

□① 変化 へんげ
□② 雷鳴 らいめい
□③ 風雲 ふううん
□④ 邪宗 じゃしゅう
□⑤ 阿片 あへん
□⑥ 攘夷 じょうい
□⑦ 上海 しゃんはい
□⑧ 黙契 もっけい
□⑨ 御暇 おいとま
□⑩ 難航 なんこう
□⑪ 海戦 かいせん
□⑫ 謁見 えっけん
□⑬ 交易 こうえき
□⑭ 朝廷 ちょうてい
□⑮ 混沌 こんとん
□⑯ 断絶 だんぜつ
□⑰ 散斬 ざんぎり
□⑱ 再会 さいかい
□⑲ 茶葉 ちゃば
□⑳ 開港 かいこう
□㉑ 暗殺 あんさつ

長崎絵師通吏辰次郎 ながさきえしとおりしんじろう

ハルキ文庫

□① 悲愁の剣 ひしゅうのけん
□② 白虎の剣 びゃっこのけん

夏目影二郎始末旅 なつめえいじろうしまつたび

光文社文庫

□① 八州狩り はっしゅうがり
□② 代官狩り だいかんがり
□③ 破牢狩り はろうがり
□④ 妖怪狩り ようかいがり
□⑤ 百鬼狩り ひゃっきがり
□⑥ 下忍狩り げにんがり
□⑦ 五家狩り ごけがり
□⑧ 鉄砲狩り てっぽうがり
□⑨ 奸臣狩り かんしんがり
□⑩ 役者狩り やくしゃがり
□⑪ 秋帆狩り しゅうはんがり
□⑫ 鵺女狩り ぬえめがり
□⑬ 忠治狩り ちゅうじがり
□⑭ 奨金狩り しょうきんがり

キリトリ線

キリトリ線

□⑮神君狩り　しんくんがり
【シリーズ完結】

□シリーズガイドブック　夏目影二郎「狩り」読本（特別書き下ろし小説・シリーズ番外編「位の桃井に鬼が棲む」収録）

秘剣　ひけん　祥伝社文庫

□①秘剣雪割り　悪松・棄郷編　ひけんゆきわり　わるまつ・ききょうへん

□②秘剣瀑流返し　悪松・対決「鎌鼬」　ひけんばくりゅうがえし　わるまつ・たいけつかまいたち

□③秘剣乱舞　悪松・百人斬り　ひけんらんぶ　わるまつ・ひゃくにんぎり

□④秘剣孤座　ひけんこざ

□⑤秘剣流亡　ひけんりゅうぼう

古着屋総兵衛影始末　ふるぎやそうべえかげしまつ　新潮文庫

□①死闘　しとう

□②異心　いしん

□③抹殺　まっさつ

□④停止　ちょうじ

□⑤熱風　ねっぷう

□⑥朱印　しゅいん

□⑦雄飛　ゆうひ

□⑧知略　ちりゃく

□⑨難破　なんぱ

□⑩交趾　こうち

□⑪帰還　きかん
【シリーズ完結】

新・古着屋総兵衛　しん・ふるぎやそうべえ　新潮文庫

□①血に非ず　ちにあらず

□②百年の呪い　ひゃくねんののろい

□③日光代参　にっこうだいさん
□④南へ舵を　みなみへかじを
□⑤○に十の字　まるにじゅのじ
□⑥転び者　ころびもん
□⑦二都騒乱　にとそうらん
□⑧安南から刺客　アンナンからしかく
□⑨たそがれ歌麿　たそがれうたまろ

密命　みつめい

祥伝社文庫

□①密命　見参！　寒月霞斬り　けんざん　かんげつかすみぎり
□②密命　弦月三十二人斬り　げんげつさんじゅうににんぎり
□③密命　残月無想斬り　ざんげつむそうぎり
□④刺客　斬月剣　しかく　ざんげつけん
□⑤火頭　紅蓮剣　かとう　ぐれんけん
□⑥兇刃　一期一殺　きょうじん　いちごいっさつ
□⑦初陣　霜夜炎返し　ういじん　そうやほむらがえし
□⑧悲恋　尾張柳生剣　ひれん　おわりやぎゅうけん
□⑨極意　御庭番斬殺　ごくい　おにわばんざんさつ
□⑩遺恨　影ノ剣　いこん　かげのけん
□⑪残夢　熊野秘法剣　ざんむ　くまのひほうけん
□⑫乱雲　傀儡剣合わせ鏡　らんうん　くぐつけんあわせかがみ
□⑬追善　死の舞　ついぜん　しのまい
□⑭遠謀　血の絆　えんぼう　ちのきずな
□⑮無刀　父子鷹　むとう　おやこだか
□⑯烏鷺　飛鳥山黒白　うろ　あすかやまこくびゃく
□⑰初心　闇参籠　しょしん　やみさんろう
□⑱遺髪　加賀の変　いはつ　かがのへん
□⑲意地　具足武者の怪　いじ　ぐそくむしゃのかい
□⑳宣告　雪中行　せんこく　せっちゅうこう
□㉑相剋　陸奥巴波　そうこく　みちのくともえなみ
□㉒再生　恐山地吹雪　さいせい　おそれざんじふぶき
□㉓仇敵　決戦前夜　きゅうてき　けっせんぜんや
□㉔切羽　潰し合い中山道　せっぱ　つぶしあいなかせんどう
□㉕覇者　上覧剣術大試合　はしゃ　じょうらんけんじゅつおおじあい
□㉖晩節　終の一刀　ばんせつ　ついのいっとう

【シリーズ完結】

キリトリ線

キリトリ線

□シリーズガイドブック「**密命**」**読本**（特別書き下ろし小説・シリーズ番外編「虚けの龍」収録）

酔いどれ小籐次留書 よいどれことうじとめがき　幻冬舎時代小説文庫

- □① **御鑓拝借** おやりはいしゃく
- □② **意地に候** いじにそうろう
- □③ **寄残花恋** のこりはなよするこい
- □④ **一首千両** ひとくびせんりょう
- □⑤ **孫六兼元** まごろくかねもと
- □⑥ **騒乱前夜** そうらんぜんや
- □⑦ **子育て侍** こそだてざむらい
- □⑧ **竜笛嫋々** りゅうてきじょうじょう
- □⑨ **春雷道中** しゅんらいどうちゅう
- □⑩ **薫風鯉幟** くんぷうこいのぼり
- □⑪ **偽小籐次** にせことうじ
- □⑫ **杜若艶姿** とじゃくあですがた
- □⑬ **野分一過** のわきいっか
- □⑭ **冬日淡々** ふゆびたんたん
- □⑮ **新春歌会** しんしゅんうたかい
- □⑯ **旧主再会** きゅうしゅさいかい
- □⑰ **祝言日和** しゅうげんびより
- □⑱ **政宗遺訓** まさむねいくん
- □⑲ **状箱騒動** じょうばこそうどう

□酔いどれ小籐次留書 青雲篇 **品川の騒ぎ** しながわのさわぎ（特別付録・「酔いどれ小籐次留書」ガイドブック収録）

新・酔いどれ小籐次 しん・よいどれことうじ　文春文庫

- □① **神隠し** かみかくし
- □② **願かけ** がんかけ

吉原裏同心 よしわらうらどうしん

光文社文庫

- □①流離 りゅうり
- □②足抜 あしぬき
- □③見番 けんばん
- □④清搔 すががき
- □⑤初花 はつはな
- □⑥遣手 やりて
- □⑦枕絵 まくらえ
- □⑧炎上 えんじょう
- □⑨仮宅 かりたく
- □⑩沽券 こけん
- □⑪異館 いかん
- □⑫再建 さいけん
- □⑬布石 ふせき
- □⑭決着 けっちゃく
- □⑮愛憎 あいぞう
- □⑯仇討 あだうち
- □⑰夜桜 よざくら
- □⑱無宿 むしゅく
- □⑲未決 みけつ
- □⑳髪結 かみゆい
- □㉑遺文 いぶん

□シリーズ副読本 佐伯泰英「吉原裏同心」読本

キリトリ線